外国人のための日本語　例文・問題シリーズ15

テンス・アスペクト・ムード

加藤泰彦
福地務
共著

荒竹出版

監修者の言葉

このシリーズは、日本国内はもとより、欧米、アジア、オーストラリアなどで、長年、日本語教育にたずさわってきた教師三十七名が、言語理論をどのように教育の現場に活かすかという観点から、アイデアを持ち寄ってできたものです。私達は、日本語を教えている現職の先生方に使っていただくだけでなく、同時に、中・上級レベルの学生の復習用にも使えるものを作るように努力しました。

このシリーズの主な目的は、「例文・問題シリーズ」という副題からも明らかなように、学生には、今まで習得した日本語の総復習と自己診断のためのお手本を、教師の方々には、教室で即戦力となる例文と問題を提供することにあります。既存の言語理論および日本語文法に関する諸学者の識見を無視せず、むしろ、それを現場へ応用するという姿勢を忘れなかったという点で、ある意味で、これは教則本的実用文法シリーズと言えるかと思います。

従来、文部省で認められてきた十品詞論は、古典文法論ではともかく、現代日本語の分析には不充分であることは、日本語教師なら、だれでも知っています。そこで、このシリーズでは、品詞を自立語では、動詞、イ形容詞、ナ形容詞、名詞、副詞、接続詞、数詞、間投詞、コ・ソ・ア・ド指示詞の九品詞、付属語では、接頭辞、接尾辞、(ダ・デス、マス指示詞を含む)助動詞、形式名詞、助詞、助数詞の六品詞の、全部で十五に分類しました。さらに細かい各品詞の意味論的・統語論的な分類については、各巻の執筆者の判断にまかせました。

また、活用の形についても、未然・連用・終止・連体・仮定・命令の六形でなく、動詞、形容詞とともに、十一形の体系を採用しました。そのため、動詞は活用形によって、u動詞、ru動詞、行く動詞、来る動詞、する動詞、の五種類に分けられることになります。活用形への考慮が必要な巻では、巻頭に活用の形式を詳述してあります。

シリーズ全体にわたって、例文に使う漢字は常用漢字の範囲内にとどめるよう努めました。項目によっては、適宜、外国語で説明を加えた場合もありますが、説明はできるだけ日本語でするように心がけました。

教室で使っていただく際の便宜を考えて、解答は別冊にしました。また、この種の文法シリーズでは、各巻とも内容に重複は避けられない問題ですから、読者の便宜を考慮し、永田高志氏にお願いして、別巻として総索引を加えました。

私達の職歴は、青山学院、獨協、学習院、恵泉女学園、上智、慶應、ICU、名古屋、南山、早稲田、国立国語研究所、国際学友会日本語学校、日米会話学院、アイオワ大、朝日カルチャーセンター、アリゾナ大、イリノイ大、メリーランド大、ミシガン大、ミドルベリー大、ペンシルベニア大、スタンフォード大、ワシントン大、ウィスコンシン大、アメリカ・カナダ十一大学連合日本研究センター、オーストラリア国立大、と多様ですが、日本語教師としての連帯感と、日本語を勉強する諸外国の学生の役に立ちたいという使命感から、このプロジェクトを通じて協力してきました。

国内だけでなく、海外在住の著者の方々とも連絡をとる必要から、名柄が「まとめ役」をいたしましたが、たわむれに、私達全員の「外国語としての日本語」歴を合計したところ、580年以上にも及びました。この600年近くの経験が、このシリーズを使っていただく皆様に、いたずらな「馬齢の積み重ね」に感じられないだけの業績になっていればというのが、私達一同の願いです。

このシリーズをお使いいただいて、Two heads are better than one.（三人寄れば文殊の知恵）とお感じになるか、それとも、Too many cooks spoil the broth.（船頭多くして船山に登る）とお感じになったか、率直な御意見をお聞かせいただければと願っています。

この出版を通じて、荒竹三郎先生並びに、荒竹出版編集部の松原正明氏に大変お世話になりましたことを、特筆して感謝したいと思います。

一九八七年　秋

ミシガン大学名誉教授
上智大学比較文化学部教授　名柄　迪

はしがき

本巻では、日本語のテンス・アスペクト・ムードの三つの文法的範疇をとりあげる。目的は、これら三つの事象について、教師および学習者の双方にとって使いやすく効率的な教材を提供することである。

執筆にあたっては、特に⑴テンス・アスペクト・ムードのそれぞれ最も基本的な特性をわかりやすく整理、説明すること、⑵この三つの側面を教授、学習するに際して、最も教えにくくまた最も理解しにくいと思われる点を重点的にとりあげること、に留意した。従って、すべての面が均等に扱われている入門書とはやや趣を異にする。

多くの文法的範疇がそうであるように、テンス・アスペクト・ムードは、日本語の中で個々バラバラに機能しているのではなく、相互に深く絡み合っている。一つの文法形式が二つの機能を兼ね備えている場合もあり、一つの機能が複数の形式に担われている場合もある。このような相互関係の全貌を限られた紙数でとりあげるのはもとより不可能であるが、本書では、種々の練習問題を工夫することにより、説明の不足を補うように努めた。

はじめに、第一章から第三章でテンスとアスペクトを扱い、第四章でムードをとりあげる。テンスとアスペクトをまとめて扱うのは、両者の相互関係を少しでも分かりやすく提示したいと思ったからである。第一章、二章では、はじめに、単文におけるテンスとアスペクトそれぞれの基本的な形式・意味・用法を整理する。そして両者が重複してくる例をいくつか見る。テンスとアスペクトの相互関係は、複文——特に各種の従属節——において、またいくつかの文相互の関係——局所的なパラグラフ——の中でさらにはっきりしてくる。この問題を第三章で扱う。

日本語の通常の使用においては、一つの文が文脈から全く切り離されて単独に使われることはまずない。常に、前後の文との関係において、より一般的には一定の言語的・非言語的文脈の中で使われる。従って、テンス・アスペクトのように、その意味・用法が周囲の文脈に大きく左右される事象については、少なくとも隣接する節相互、文相互の影響を考慮にいれることが必要であろう。しかし、同時にこの点が、テンス・アスペクトの教授と学習を困難にしている点でもある。本書では、このような観点から、テンス・アスペクトの単文における振舞いだけでなく、複文、連文の領域における文法的特徴にも十分な注意を向けるように努めた。

第四章では、各種のムード表現を一つ一つとりあげ、その意味・ニュアンス・用法および相互の差異を明らかにすべく、用例・練習問題を作成した。

以上の各章はそれぞれ教師・学習者向け説明と例文、および練習問題、の二つの部分からなる。また各章の終わりに総合練習問題をまとめた。利用者それぞれの立場に合わせて本書を活用して頂きたい。

本書の内容は、特に言語学・日本語学の領域における多くの優れた先行研究に負う所が大きい。ここに、心からの敬意と謝意とを表したい。

平成元年五月

加藤泰彦
福地務

目　次

本書の使い方

テンス・アスペクト・ムードという三つの文法範疇は、学習者、教師双方にとって最も取り付きにくいテーマの一つであろう。それは、この分野に、表現と意味、意味と文脈、客観的言明と話し手の主観、といった一見捉えどころのない問題が集中的に現れてくるからである。本書では、テンス・アスペクト・ムードそれぞれを、一応区別することができるとした上で、各々の基本的特性、相互の関係をできるだけ簡潔に説明し、その理解のために種々の練習問題を作成した。

本書全体は、はじめから順を追って読むように書かれているが、各自の目的、学習者のレベルに応じて、どこから始めてもよい。各章については、はじめに基本的な事項の説明に目を通し、例文を確かめた後、練習問題と各章末の総合問題を試みてほしい。なお、個々の事項を理解するためには、必ずしも本書の理論的観点ないしは個々の文法用語にそれらを当てはめて考える必要はない。各例文に現れている表現の具体的意味・用法を理解し、それらを適切に使用することができるようになることがなによりも大切である。

本書の執筆は、この分野に関する多くの優れた先行研究に負うところが大きい。今回参考とした文献の主なものを以下にあげ、感謝に代えたい。

[主な参考文献]

金田一春彦「国語動詞の一分類」『言語研究』15（一九五〇）、『日本語動詞のアスペクト』金田一春彦編、東京 むぎ書房、一九七六、五—二六頁。

——「日本語動詞のテンスとアスペクト」『名古屋大学文学部研究論集』X（一九五五）、『日本語動詞のアスペクト』金田一春彦編 東京 むぎ書房、一九七六、二七—六一頁。

砂川有里子『する・した・している』（日本語文法セルフ・マスターシリーズ2）東京 くろしお出版、一九八六。

寺村秀夫『日本語のシンタクスと意味 II』東京 くろしお出版、一九八四。

中右 実「テンス、アスペクトの比較」『日英語比較講座2 文法』東京 大修館、一九八〇、一〇一—一五五頁。

長嶋善郎「ヨウダ・ラシイについての覚え書」『独協大学外国語教育研究』4（一九八五）一一七—一二三頁。

Ota, Akira. "Comparison of English and Japanese, with Special Reference to Tense and Aspect." *Working Papers in Linguistics* (University of Hawaii) 3/4, 121-64 (1971), rpt. *Studies in English Linguistics* 1, 35-70 (1972).

Reichenbach, Hans. *Elements of Symbolic Logic*. New York : The Free Press, 1947.

Soga, Matsuo. *Tense and Aspect in Modern Colloquial Japanese*. Vancouver : University of British Columbia Press, 1983.

第一章　テンス

はじめに

人間の言葉の最も大きな特徴の一つは、無限に多くの事柄を表現することができること、特にその内容が、現在という発話の時点での事柄に限定されないということである。その結果、目前にはない遠い過去のこと、未来のこと、空想上のことなどを、いろいろな視点から自由に表現することができる。

時間の流れを背景として事物を認識し語り合うことができるというこの特徴は、さまざまな形で言語表現の上に反映し、その反映の仕方は当然、各言語により異なる。ただ、その認識の仕方には大きく二つを区別することができよう。一つは、ある出来事または事物の有様（状態）を、時間の流れの中の一つの点としてとらえ、それらが発話の時点より以前のことか、以後のことかという面を問題にするものである。

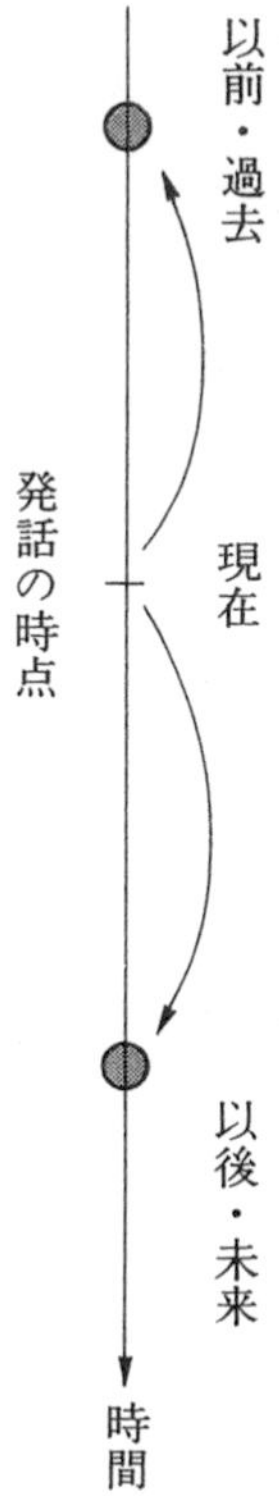

以前・過去
現在
以後・未来
時間
発話の時点

もう一つは、ある出来事または事物の有様（状態）を時間の流れの中である長さを持ったものとしてとらえ、それらがその時間的過程のどの位置（ないしはどの側面）に属するか——例えば、ある過程の始まりか、終わりか、その過程が現に継続しつつあるのか、またはある瞬間的な出来事が起こりその結果が続いているのか、など——という面に注目するものである。

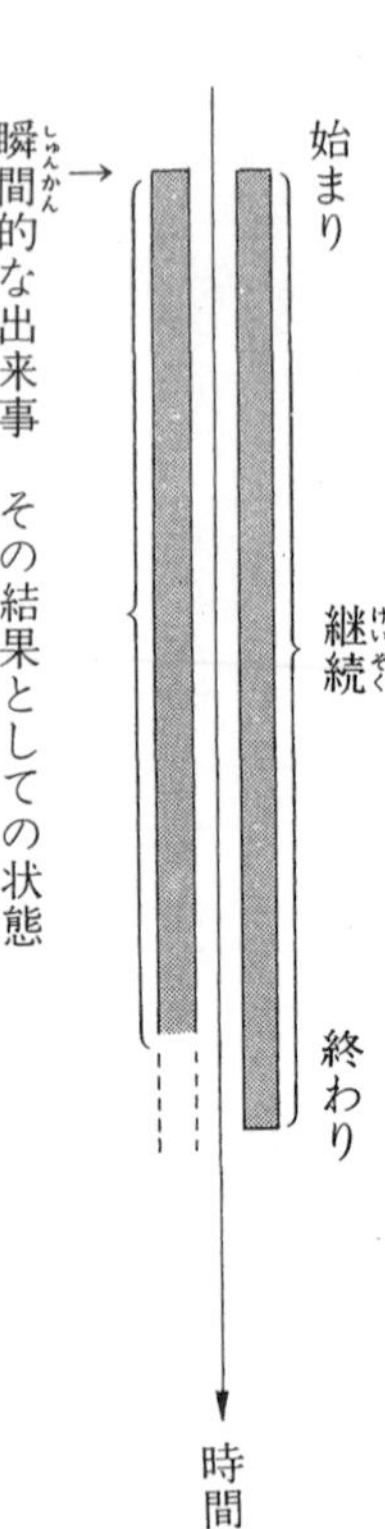

この二つの視点は共に、ある事柄を時間の流れの中においてとらえるという点で共通している。しかし、どのような形式により表現されるかという点ではっきりした違いが認められ、一般に前者をテンス（時制）、後者をアスペクト（相）として区別する。このように、テンスとアスペクトとは、人間言語の最も基本的な特徴に直接関わってくるものであり、この点で最も「人間的な」事象であるといってよいであろう。本章ではテンスを扱い、次章でアスペクトをとりあげる。

〔一〕テンスの形式

テンスとは、右に述べたように、話し手がこの世界の事象を時間の流れの中における一つの点として捉え、発話時からみて前か後ろかを問題にしたものである。

日本語においてテンスを担う言語的表現（文法形式）は、文（または節）の終わりにくるタ形とル形の二つである。具体的には次のようなものを指す。

	タ形	ル形
動詞	行った、終わった	行く、終わる
イ形容詞	白かった、暖かかった	白い、暖かい
ナ形容詞	静かだった、透明だった	静かだ、透明だ
名詞ダ	雨だった、学生だった	雨だ、学生だ

タ形とル形の二つの形式は、常にテンスを表すとはかぎらないが、テンスを表すかぎりにおいて、タ形は過去、ル形は非過去を表す。非過去には、現在・未来・超時が含まれる。超時とは、普遍的真理、歴史的現在など、時間の流れにかかわりなく成立するものを指す（次節ⅰ参照）。

(1) きのうは雨だった。 過去
(2) 授業は、先週で終わりました。 過去
(3) 今日は秋晴れだ。 現在
(4) アラスカへ行ってみたい。 現在
(5) 来週の水曜日に懇親会を開きます。 未来
(6) 彼は明日来ます。 未来
(7) 相異なる二直線は交わらないか、またはただ一つの点で交わる。 超時

(8) オリンピックは四年毎に開かれる。　超時

テンスの区別に関して、タ形とル形とがどのように使い分けられているのかをもう少し詳しく見ていくと、少なくとも次の三つの要因が関与していることが分かる。

(a) 述語の性質……〈状態〉を表すか〈動作・出来事〉を表すか
(b) 統語的性質……〈主節〉に現れるか〈従属節〉に現れるか
(c) 話し手の心理……〈客観的〉に述べるか〈主観的〉に述べるか

以下、これらの要因を順に見てゆく。

〔二〕〈状態〉または〈動作・出来事〉

述語は、その目的により様々な観点から分類をすることができるが、テンスの観点からみて最も重要なのは、意味的に〈状態〉を表すか、〈動作・出来事〉を表すか、という区別である。それぞれの例をあげる。

状態を表す述語

(1) 彼は、休みだ／病気だ／勉強中だ。　名詞＋ダ
(2) 彼は、とても忙しい／背が高い／色が黒い。　イ形容詞
(3) 今年の新入生は、みんな優秀だ／元気だ／親切だ。　ナ形容詞
(4) 彼の言うことは、良く分かる／筋が通っている／急進的すぎる。　動詞

動作・出来事を表す述語

(5) 台風で木が倒れた／傾いた。　動詞

(6) 今日は、ハンバーグを食べた／学校へ行った／本を買った。　動詞

このように、〈状態〉は名詞＋ダ、イ形容詞、ナ形容詞のほかに動詞によっても表される。〈動作・出来事〉を表すのは動詞だけである。

状態を表す述語のタ形（過去形）とル形（非過去形）および動作・出来事を表す述語のタ形とル形には様々な意味・用法があるが、その主なものは次のようになっている。

<table>
<tr><th>述語の種類</th><th>タ形の用法</th><th colspan="2">ル形の用法</th></tr>
<tr><td>状態</td><td>a 過去の状態</td><td>d 現在の状態
e 未来の状態についての確信</td><td rowspan="2">i 真理・本質
j 現在の習慣・反復</td></tr>
<tr><td>動作・出来事</td><td>b 過去の出来事
c 過去の習慣・反復</td><td>f 未来の出来事についての確信
g 現在の事象
h 手続・使用法等の説明</td></tr>
</table>

このうち、太字で示した四つの用法が、最も基本的で一般的なものである。以下、それぞれの意味・用法の例を示しつつ、簡単な説明を補足する。

a 〈状態〉を表す述語のタ形が過去の状態を表す場合

ぼくが会ったとき、彼は元気だった。

きのうは、歯が痛かった。

彼は二十歳のときコックの見習いだった。

それぞれ発話時より以前――「ぼくが会った時」「きのう」「二十歳のとき」――の時点における主体の状態を表す。

b　〈動作・出来事〉を表す動詞のタ形が過去の出来事を表す場合

先週、授業中にテストをしました。

夏休みに、富士山に登りました。

チョムスキー教授は、昨年一月に来日し、セミナーと講演を行った。

発話時より以前――「先週」「夏休み」「昨年の一月」――の時点において、ある動作・出来事が行われたことを表す。

c　〈動作・出来事〉を表す述語のタ形が過去の習慣を表す場合

夏休みの間は、毎日三時間、デッサンをした。

彼女は、当時日曜毎にケーキを焼いた。

発話時より以前――「夏休みの間」「当時」――の時点において、ある動作・出来事が習慣的に行われていたことを表す。実際には、「夏休みの間」「当時」はともにある幅をもった期間であるが、ここでは、ただ発話の時点から以前のある時を特定するためだけに使われている。このタ形は次章で述べるアスペクト表現ではなく、テンス表現である。

d　〈状態〉を表す述語のル形が現在の状態を表す場合

今日は秋晴れだ。
彼は、風邪で休みです。
彼女の家にはネコが三匹いる。
隣の部屋にテレビがある。

これらは主体（彼、ネコ、など）が発話の時点である特定の状態にあることを示す。

e 〈状態〉を表す述語のル形が未来のある状態を表す場合

長期予報によれば、今年の冬は暖かい。
内田先生は、ことしの六月で七十歳です。

一般に、〈状態〉を表す述語のル形は、先のdのように現在のある状態を表すのが普通である。この形が未来のある状態を表すことができるのは、ある事柄が必ず実現すると話し手がはっきり言い切ることができる立場にあるときに限られる。そうでない場合にはおかしな文になる。

?よく分からないが、今年の冬は暖かい。（「暖かいらしい」の方がよい）
?多分、内田先生は来年七十歳です。（「七十歳でしょう」の方がよい）

f 〈動作・出来事〉を表す述語のル形が未来の出来事を表す場合

ぼくは、来週ベルリンへ発ちます。
彼は、来週四年ぶりに、帰国します。

〈動作・出来事〉を表す述語のル形は、発話の時点ではまだ起こってはいないが確実に未来に起こるであろうことを表すのが最も基本的な用法である。主語が一人称の場合には、話し手の意志を表す。この点、〈状態〉を表す述語のル形が、現在の状態を表すことを基本的用法とすること（上述d）と対照的である。

g　〈動作・出来事〉を表す述語のル形が現在の事象を表す場合

-ガスルという表現で知覚または第六感でとらえられた現象を表す場合

遠くから波の音がする。
微かに潮の香りがする。
このチーズは変わった味がする。
彼女には二度と会えないような気がする。

「思う」「考える」などの思考の動詞の場合

あの子は試験に受かると思う。
私はそれは不可能だと考える。
僕は彼らの能力を疑う。
彼の熱意には感心させられる。

これらはいずれも発話時点で、感覚に直接映じた事象または思考の内容をそのままの形で表す。この点で次のいわゆる自発表現と同じ性質をもつといえる。

あそこに、富士山が見える。
彼の特徴のある話し声が聞こえる。

h 〈動作・出来事〉を表す述語のル形を手順、使用法等の説明に使う場合

（ビデオ録画の準備）現在時刻を確認する。カセットを正しく入れる。プログラムボタンでAにする。ダイレクトボタンで、曜日、開始時刻を合わせる。（再生のしかた）電源を入れる。ビデオ専用チャンネルにする。AVテレビの場合はビデオチャンネルにする。録画ずみカセットを入れる。再生ボタンを押す。停止ボタンを押す。

i 〈状態〉または〈動作・出来事〉を表す述語のル形が真理・本質・歴史的現在を表す場合

相異なる二直線は、交わらないかまたはただ一つの点で交わる。

本会は、総ての本大学生をもって組織する。

オリンピックは四年に一度開かれる。

こうして、一四九二年、コロンブスがアメリカ大陸を発見する。

これらは初めに述べた超時——時間に関わりなく成立する事柄——を表すケースである。

j 〈状態〉または〈動作・出来事〉を表す述語のル形が現在の習慣・繰り返し行われる出来事を表す場合

このレストランは、来るたびに運悪く、休みだ。

彼は、週末になると、元気だ。

彼は、毎朝七時に起き、八時すぎに家を出る。

彼は、家に帰ると、ビールを飲む。

現在または過去の習慣は、-シテイル、-シテイタという形によっても表される。（ル形または

タ形との違いについては、第二章参照）

練習問題〔二〕

一　次の傍線部の述語は意味的に〈状態〉を表すか〈動作・出来事〉を表すか、を言いなさい。

今年の夏ほど、不順な夏もめずらしい。夏休みが始まっても、冷たい雨が続き、七月の末頃になってようやく梅雨が明けた。しかし、夏らしい天気は、一週間ぐらいだけで、すぐに蒸し暑い梅雨がぶり返したかのように雨や曇りの日ばかりになった。また例年になく、日本のすぐ近海で台風が発生したりもした。夏はやはり空が真っ青に晴れて、そよ風が吹き、カラッとしているのがよい。

二　文中の［　　］の中に（　）内の語をタ形に変えて入れなさい。丁寧な形（マス・マシタ）を使うこと。（bの用法参照）

〈夏目漱石について〉

漱石は一八六七年、慶応三年一月、東京に生まれました。明治二十三年東京大学に入学して、同二十六年に英文科を［　　］（卒業する）。中学・高校の教師をした後、明治三十三年にイギリスに［　　］（留学する）。三十六年帰国後、東京帝国大学で英文学を［　　］（教え始める）。三十八年に俳句の雑誌『ホトトギス』に「吾輩は猫である」を［　　］（書き始める）。これが小説家としての第一歩に［　　］（なる）。以後次々に作品を発表し、世の中の注目を［　　］（集める）。四十歳を過ぎて大学をやめ、朝日新聞社に［　　　　］（入社する）。それからは作家活動に専念し、「こころ」「道草」など秀れた作品を［　　　　］（発表する）。そして大正五年十二月に四十九歳で［　　　　］（亡くなる）。漱石最後の作品「明暗」は結局未完のままに終わりました。

三　（　）内の語を適切な形に直して［　　］に入れなさい。（cの「過去の習慣、動作の反復」の用法参照）

大学生の頃、僕はよく友人と、神田の古本屋街を見て［　　　　］（歩く）。そして、昔の貴重な本を何冊も［　　　　］（見つける）。夕方になると買った本を持って、近くのビアホールへ行き、いつもビールを［　　　　］（飲む）。そしてその後は決まって、小川町のそば屋に［　　　　］（行く）。

四　次の語句から適当なものを選び、［　　］内に入れなさい。（iの「真理・本質」を表す用法参照）

沈む、（で）ある、凍る、上がる、沸騰する、落ちる、硬い、話す

1　三角形の内角の和は一八〇度［　　　　］。
2　水は摂氏一〇〇度で［　　　　］。そして、摂氏0度で［　　　　］。
3　太陽は、東から［　　　　］。そして、西へ［　　　　］。
4　人間はすべて、言葉を［　　　　］。
5　物体は常に下方に［　　　　］。
6　ダイヤモンドはガラスより［　　　　］。

五　次の説明は銀行の自動支払い機の使い方に関するものである。例にならって［　］内の語句を直して下さい。(hの用法参照)

お金を引き出す場合は、まず、引き出しボタンを［押して下さい］(例)。次にカードを［1入れて下さい］。それから、自分の暗証番号を［2押して下さい］。最後に、引き出す金額を［3押して下さい］。しばらくすると、カードが出てきますから、それを［4抜いて下さい］。その後にすぐお金が出てきます。

例　押して下さい　→　押します

(1)（　　　　）　(2)（　　　　）
(3)（　　　　）　(4)（　　　　）

六　前問五の文を参考にして、自分の知っている機械の使い方を説明しなさい。

〔三〕 主節または従属節

テンスを表すタ形とル形の使い分けに関与する第二の要因は、それらの形式が主節に現れるか、従属節に現れるかということである。右に見た例は全て単文（即ち主節）であり、従ってタ形、ル形は一番外側に現れている。しかし、これらの単文がより大きな文の中に組み込まれ、従属節として機能するようになると、その外側にくる主節のテンスとの関係が問題になってくる。ここでは、

引用節、接続節、連体修飾節（関係節）の例を二、三見ておく。（詳しくは、第三章で扱う）

(A)　主節のテンスにかかわらず、従属節がタ形もル形もとれる場合

「と思う／思った」「と言う／言った」「と信じる／信じた」などに続く引用節においては、これらの主動詞のテンスが示す時点でその話し手が発話する形がそのまま従属節として現れるといってよい。

(1)　a　彼が来ると思う。
　　 b　彼が来たと思う。
　　 c　彼が来ると思った。
　　 d　彼が来たと思った。

例えば、bでは「思う」という現在の時点で「彼が来る」という出来事が過去において生じたことを示す。またcでは「思った」という過去の時点でその時から見て未来に「彼が来る」という出来事が起こるという確信を表す。

接続助詞ノニ、ノデにかかる従属節においても、ル形もタ形も用いられるが、その意味の差はより微妙である。

(2)　彼は体力があるので、採用された。
　　 彼は体力があったので、採用された。
　　 彼女は風邪ぎみなのに、出勤した。
　　 彼女は風邪ぎみだったのに、出勤した。

これらの対はほとんど同義であるといってよいが、従属節がル形の場合には、「体力がある」「風邪ぎみだ」という状態が発話の時点においても続いているという含みがある。

(B)　主節のテンスがタ形の場合に、従属節がタ形しかとれない場合

従属節の内容と主節の内容が単に並列される場合には、主節がタ形ならば従属節もタ形になる。

(3)　航空券も買ったし（＊買うし）、ホテルの予約もした。
　　洋服の生地も決めたし（＊決めるし）、靴も注文した。

ノデ、カラなどの接続助詞に続く従属節でも従属部の表すことが主節の表すことよりも時間的に先行して生じる場合には、主節がタ形ならば従属節もタ形になる。

(4)　彼は入社試験で満点をとった（＊とる）ので、採用された。
　　彼女は先学期レポートを期限内に出さなかった（＊出さない）から、落第した。

なお、この種の従属節におけるテンスは、接続助詞の種類、主節の意味内容など様々な要因により左右される（第三章参照）。

(C)　主文のテンスがル形の場合に、従属節がル形しかとれない場合

(5)　彼は、ぎこちない（＊ぎこちなかった）英語を話す。
　　この本を買いたい（＊買いたかった）人は申し出て下さい。

これは連体修飾節のケースの一つであるが、この種の節がすべてこのように振舞うわけでは

ない。例えば、

(6)　あんなにぎこちない／ぎこちなかった英語が上達した。
この本を買いたい／買いたかった人には申し訳ありませんが、もう品切れです。

連体修飾節については第三章で改めて観察する。

〔四〕　客観的または主観的態度

テンス表現としてのタ形とル形の使い分けに関与する第三の基本的要因は、これらの形式を含む文全体が、外界の事柄を客観的に述べ、相手に伝えようとするものか、話し手の主観的見方、印象、生理的反応をそのまま表すものか、という区別である。今まで見てきた例は、すべて前者の類——外界の事象を客観的に述べるもの——に属する。後者の類の特徴は、現在のことを述べるのにタ形が使われるということである。話し手の主観を表す点で、第四章で扱うムード表現の一種といってよい。ここには、次のようなものが含まれる。

a　期待・予想の実現

あ、やっぱり、ここにあった。
やはり、ここにいたのか。

発話の時点に先立って、あることを予想または期待し、それが現実に確認されたかまたは実現した場合。探していたものが見つかったというような場合に最もよく使われる。従って、次のように単に過去のことを述べる用法とは異なる。

あの本なら、きのうここにあったよ（今はもうない）。

君はきのうここにいたの。

b　想起——いったん忘れてしまっていたことを思い出した場合

そうだ、買物があった(んだ)。

そういえば、君はスペイン語専攻だったね。

c　過去の実現の仮想

一時停車していれば、あの事故は防げた。

事前に言ってくれれば、よかった(のに)。

過去に実際には行われなかった（または起こらなかった）が、しかるべき処置さえなされていたらきっと実現していたはずだ、という気持ちを表す。「－すれば／－していれば」「－していたら」などの条件節ないしは仮定節が右のようにはっきりと述べられるか、またはそのことを示す文脈が必要。

d　急な要求——相手に対して急な要求をする場合の用法。命令形ではないが、決して丁寧な言い方ではない。

さあ、どいた、どいた。

売り切れるよ、早く、買った、買った。

e 主観的判断・評価・気持ち――既に過去に起こった事柄に対する話し手の現在の時点での主観的な判断、気持ちを表す。

仕事がうまくいってよかったですね。

ありがとうございました。

ああ、よかった。

f 理解・納得

ああ、そうでしたか。

そうだったんですか。

話し手が既に知っているか、現に直面している事柄の本質、真相、理由などを、相手からきいてはじめて理解し、納得した場合。

練習問題〔四〕

次の会話文の太字の部分の形は、a―eのどの用法に当たるかを、言いなさい。

a やっぱり、ここに**あった**　（期待・予想）

b そうだ、買物が**あった**（んだ）　（想起）

c 早く出れば、**間に合った**（のに）　（過去の現実の仮想）

d 晴れて、**よかった**ですね　（主観的判断・気持ち）

e ああ、そう**でした**か　（理解・納得）

〈あるパーティーで〉

A　ああ、やっぱりここにいたんですか。探していたんですよ。

B　何か。

A　（ある人を指さして）あそこにいる茶色のスーツを着た方の名前をおききしたいんですが……。

B　ああ、あの人ですか。世界商事の田中（たなか）さんですよ。

A　ああ、田中（たなか）課長でしたね。

B　いや、今は課長じゃなくて、部長ですよ。去年の四月（しがつ）、昇格（しょうかく）したんですよ。

A　ああ、そうでしたか。それは全然知りませんでした。会社の者がいれば、きくことができたんですが……。今日（きょう）は私一人（ひとり）なものですから。いや渡辺（わたなべ）さんがいてくれて、助かりましたよ。

総合練習問題

一　文中の［　］の中に、（　）内のことばを適当な形に直して入（い）れなさい。必ず、丁寧（ていねい）な形を使うこと。（タ形とル形の用法参照）

1　主人　どうぞ召（め）し上（あ）がって下さい。
　　客　はい。それでは遠慮（えんりょ）なく［　　　　］（いただく）。

2　主人　ビール、もう少しどうですか。あまり飲んでいらっしゃらないようですね。
　　客　いえ、けっこうです。もうだいぶ［　　　　］（いただく）。

3　客　今日は本当にごちそうになりまして、ありがとうございました。
主人　いえ、何もおかまいできませんで……。またいらっしゃって下さい。
客　はい、［　　　］（ありがとう）。それでは［　　　］（失礼する）。
主人　ごめん下さい。

4　〈書店で〉
A　『ポパイ』という雑誌、［　　　］（ない）か。
B　すみません。［　　　］（売り切れる）。でも来週また［　　　］（入る）。
A　じゃ、来週また［　　　］（来てみる）。

5　A　授業はいつまで［　　　］（ある）か。
B　今週の水曜日までです。でも、すぐテストが［　　　］（始まる）。
A　それじゃ、当分［　　　］（忙しい）ね。
B　ええ、そうなんですよ。

6　九月に日本に来た時には、地下鉄の切符の買い方も［　　　］（わからない）。でも今では何も見ないで地下鉄に乗ってどこにでも［　　　］（行ける）。半年で東京の生活にだいぶ［　　　］（慣れる）。

7　A　あの角に新しいレストランが［　　　］（できる）ね。
B　ええ、昨日ちょうど［　　　］（行ってみる）。
A　［　　　］（どうだ）か、味の方は。
B　ハンバーグを［　　　］（食べる）。とても［　　　］（おいしい）よ。

おすすめしますよ。

A　そうですか。じゃ、明日にでも［　　　　］(行ってみる)。

二　自分の現在の生活を説明するつもりになって（　　）の語を適当な形に直して［　　］に入れなさい。

私は今、サラリーマン三年生です。現在の生活は大学生のときとだいぶ違います。今は毎朝七時に［　　　　］(起きる)。顔を洗ったり、ごはんを食べたりして、準備に三十分はかかります。ですから、七時三十分頃家を［　　　　］(出る)。駅まで歩いて二十分かかりますので、七時五十分頃に［　　　　］(着く)。それから、電車に乗って、四十五分。会社は駅のすぐ近くにあります。ですから、九時十分前には会社に［　　　　］(着く)。会社は九時に［　　　　］(始まる)。そして、五時に［　　　　］(終わる)。残業がないときには、五時すぎに会社を出て、六時二十分には家に［　　　　］(戻る)。

三　問題二の例を参考にして、現在の自分の生活について述べなさい。

四　問題二の例を参考にして、昔の自分の生活について述べなさい。

五　（　　）の語を適当な形に直して、［　　］に入れなさい。ただし、丁寧な形を使うこと。

吉ちょむさんは、梅干しを作ろうと思いましたが、手ごろなつぼが［　　　　］(ない)。

そこで、つぼを買おうと、せともの屋にやって［　　　］（来る）。「ごめんください。つぼを一つください。梅干しを入れるつぼ［　　　］（だ）。」しかし、せともの屋の主人は店の奥で仕事をしていて、出て来て［　　　］（くれない）。奥から「そこに並べてあるものを見て下さい。」というだけです。そこで、吉ちょむさんは、店の中を［　　　］（見渡す）。せともの屋だけあって、つぼは沢山並べて［　　　］（ある）。しかし、どれもみな逆さにして、底を上にして並べて［　　　］（ある）。吉ちょむさんは、不思議そうに、「もしもし、これはみんな口なしのつぼでは［　　　］（ない）か」すると、主人は忙しそうに仕事をしながら、「ひっくり返してごらんなさい。」と［　　　］（言う）。そう言われて、吉ちょむさんは、つぼをひっくり返してみて、今度はもっと［　　　］（驚く）。「なんだ、このつぼ、底もないじゃないですか。」

六　（　）のことばをル形かタ形かどちらかに直して、［　　］に入れなさい。できるだけ丁寧な形を使うこと。

1　〈社内で〉

山口　営業課の山口ですが、田中さん［　　　］（いる）か。

社員　田中さんは今［　　　］（会議中だ）。

山口　何時頃［　　　］（終わる）か。

社員　二時に［　　　］（始まる）けど、いつも二、三時間は［　　　］（かかる）から。

山口　じゃ、終わったら、電話くれるように言って下さい。

社員　はい、［　　　　］（わかる）。
山口　じゃ、［　　　　］（お願いする）。
〈後で〉
田中　山口さんですか。田中ですけど、さっきはどうも［　　　　］（失礼する）。やっと五時に終わりまして……。
山口　お疲れのところすみませんが、あの件、どうなったのかなと思いまして……。

2

A　先週温泉に行ってきたそうですね。
B　一泊しか［　　　　］（しない）けど。
A　どこへ［　　　　］（行ってくる）んですか。
B　福島県の塩原温泉というところです。知っていますか。
A　ああ、あそこなら知っていますよ。私も四、五年前に車で［　　　　］（行く）。
　山田さんも車で［　　　　］（行く）んですか。
B　いえ、電車で。
A　じゃ、東京からだいぶ時間が［　　　　］（かかる）でしょう。
B　いえ、三時間ぐらいで［　　　　］（行ける）。
A　へえ。前は五時間は［　　　　］（かかる）けどね。ずいぶん便利に
　［　　　　］（なる）ね。
B　一年前に新しい線が［　　　　］（できる）んです。
A　そうですか。ちっとも知りませんでした。それで、どう［　　　　］（です）か。

B　とっても「　　　　　　」（いい）。温泉に入ってのんびりできたし、それに食事も
「　　　　　　」（おいしい）よ。

A　それは「　　　　　　」（いい）ね。

B　今度はお正月に行くつもりです。

A　でも、お正月は「　　　　　　」（込む）よ。

B　ええ、だからもう予約を「　　　　　　」（してくる）。

A　ずいぶん気が早いんですね。

B　だって「善は急げ」って言うでしょう。

第二章　アスペクト

〔一〕アスペクトの形式

第一章で述べたように、ある事柄の生起やその状態を時間的背景の中でとらえる際に、大きく二つの視点を区別することが出来る。一つは、その事柄が発話の時点からみて前のことか後のことかという面を問題にするものであり、この観点が前章で扱ったテンスである。もう一つは、ある事柄・事象をある一定の時間的な広がりないしは内的過程をもったものとしてとらえ、そのような過程の動的な諸相（developmental stages）（Soga 一九八三、寺村 一九八四）を問題にするものである。この観点をアスペクトと呼び、その基本的な性質を以下で詳しく見てゆく。

ここでの「動的な諸相」とは、ある事柄がある期間を経て完了したか、未だ完了していないか（例えば、手紙をやっと書きあげた／手紙をまだ書いていない／手紙をまだ書き終わらない）、ある期間を通して継続的に見られたか、あるいは瞬間的に一回限りの出来事として生じたのか（例えば、雪が三日間降り続いている／雪で木が倒れている）のような区別に関するものである。最後の例のように瞬間的に起こり終了した事象の場合には、その結果としてもたらされた状態に焦点がおかれる（例えば、木が瞬間的に倒れてその後地面にころがっている状態）。これらは共に、ある事柄を一定の時間の幅の中においてとらえ、そこにおける事柄の開始・継続・未完了・終了などの諸相を区別して、表現しようとするものである。この点、アスペクトは、テンス――ある事柄が発話時点から観て前か後かという側面を問題とする――とは基本的に異なる。表現形式の側からみると、アスペクトを担う文法形式には少なくとも次の三種を区別することができる。

a　活用語尾　-タ、-ル
b　テ形＋　イル／オク／アル／シマウ／クル／イク、など
c　連用形＋　ハジメル／ツヅケル／オワル／ダス／カケル、など

一般に、これらの形式が表す意味――即ち、ある動的な過程のどの様な側面に焦点をあてるか――は、その要素の字義どおりの意味からある程度予測される場合も多い。例えば、テ形をみると、

(1)　新聞を机の上に置いておく。
　　窓を開けておく。
　　予習をしておく。

における -テオクのアスペクト的意味は、主動詞としての用法「置く」の意味である「-をある位置、状態に据える」から容易に推測することができる。また、

(2)　本屋で雑誌を買ってくる。
　　美術館で絵を観てくる。

における -テクルのアスペクト的意味もその主動詞としての用法の「来る」と直接に結び付いてい

る。しかし、形式が単純である場合には、かえってアスペクト的意味が表面から察しにくく、不透明になっている場合がある。特に、aの -タと -ルの対立、およびbの -テイルはその典型である。はじめにこれら二つのケースを見ておこう。

〔二〕 -タと -ル

タ形とル形は、過去と非過去のテンス的対立を担うが、アスペクトの観点から見ると、-タと -ルは、〈既然〉と〈未然〉――または〈完了〉と〈未完了〉――の対立を表す。

既然（完了）とは、ある時間的な過程をもつ事態が、ある時点において既に実現したことを表す。例えば、

(1)　引越しの準備がやっとできた。
　　足のけがが直った。
　　歩道橋の工事が完成した。

これらは、「引越しの準備」「歩道橋の工事」などの、実現するまでに一定の時間を要する事象――または時間的幅をもつものとして捉えられた事象――が、ある時点においてついに実現したことを表す。ただし、次の(2)のように「一時間前に」「昨年の十月に」などの特定の時点が明記されている場合には、タ形は過去のテンスを示すと解せられる。

(2)　一時間前に、開店の準備が整った。

昨年の十月に、事故の原因が判明した。

一方、未然（未完了）とは、ある事態がある時点において、未だ実現していないことを表す。例えば、

(3) 彼は、きっと一流のピアニストになる。
列車はまもなく到着します。
来週中には、事故の原因が判明する。

これらはいずれも(1)の場合と対照的に、発話の時点においてある事柄が実現していないことを表す。既然と未然との対立は、事柄の完了を示す副詞的表現が、前者と共には使えるが後者とは使えないことにも現れている。例えば、

(4) やっと準備を整えた。　既然
もうとっくに本を書いた。
既にみんなに連絡した。

(5) ＊先週末までに準備を整える。　未然
＊もうとっくに本を書く。
＊既にみんなに連絡する。

ここで、タ形とル形がそれぞれ担うテンスの対立とアスペクトの対立をまとめると次のようになる。

	テンス	アスペクト
タ形	過去	（現在における）既然
ル形	非過去（現在・未来）	（現在における）未然

タ形の述語で終わる文の意味を解釈するには、タ形が単にテンス表現として過去の出来事を述べているのか、あるいはアスペクト表現としてある時点における既然——ある事柄が既に実現したこと——を表しているのか、に常に注意する必要がある。アスペクト表現として用いられており、かつ「ある時点」が発話の時点（即ち、現在）である場合には、テンスの面では現在をさすことになり、「現在テンスに、既然というアスペクトが重なったもの」（寺村　一九八四）と言うべきかもしれない。タ形が、テンス表現かアスペクト表現かは、同じ文中の他の表現、文全体の意味などによってかなり明確に判断しうる。

(6)　うちの金魚はとても元気になった。　既然（アスペクト）
(7)　きのう、彼にバッタリ会った。　過去（テンス）

しかし、同じ動詞のタ形が文脈によりどちらの意味にも解しうる場合もある。

(8)　十日間かかってようやく準備した。
　　あっという間に準備した。
(9)　重い扉が二分もかかってようやく開いた。
　　ドアがパタンと開いた。

一方、ル形は、テンス表現としては第一章でみたように(〈動作・出来事〉を表す動詞の場合は)未来の事柄への確信を表すのが普通の用法である。従って、ル形の解釈においては、テンス表現として未来を表しているのか、アスペクト表現として未然——現在において未だ実現していないこと——を表しているのかが、しばしば問題になる。未然は、その意味として「いずれは近い将来に実現する」ということを言外に示すのが普通であるから、意味的に見ても未来テンスとの区別が難しいのは当然と言える。

(10)　彼は、一流のピアニストになる。
　　　列車は、まもなく到着します。

においては、まず現在の時点で「一流ピアニストである」「到着する」という事態が実現していないことを表し、この点アスペクト表現として未然を表すと言えるが、

(11)　彼は、きっと十年後に一流のピアニストになる。
　　　列車は、二分後に到着します。

のように、未来を示す時間的表現などを伴うと、未来を示すテンス表現としての意味が前面に出てくる。

最後に、(現在における)既然と単なる過去との違いが最もはっきり現れるのは、疑問文に対して否定的に答える場合である。つまり、既然の否定形はシテイナイ(シテイマセン)、過去の否定形はシナカッタ(シマセンデシタ)となる。例えば、

(12) あの本を注文したの？
——いや、注文しなかった。（質問を過去としてとらえた場合）
——いや、まだ注文していない。（質問を既然としてとらえた場合）

(13) 彼の返事をききましたか？
——いや、ききませんでした。（質問を過去としてとらえた場合）
——いや、きいていません。（質問を既然としてとらえた場合）

練習問題〔二〕

一　次の各会話について、｛　｝の適切な表現を選びなさい。

1　A　もう昼ごはんを｛a 食べます、b 食べました｝か。
　　B　いいえ、まだです。
　　A　じゃ一緒に行きませんか。

2　A　受付の準備は｛a 整います、b 整いました｝か。
　　B　ええ、もう完全に｛a 整います、b 整いました｝。

3　A　宿題のレポート、もう｛a 提出します、b 提出しました｝か。
　　B　ええ、とっくに｛a 提出します、b 提出しました｝よ。君は？
　　A　私ですか。私は明日｛a 出します、b 出しました｝。

4　A　事故の原因は｛a 判明します、b 判明しました｝か。
　　B　いいえ、でも来週中にはきっと｛a 判明します、b 判明しました｝よ。

5　A　息子さんですか。ちょっと見ないうちにずいぶん大きく｛a なります、b なりました｝ね。
　　B　おかげさまで。この一年で身長も十センチ｛a 伸びる、b 伸びた｝んですよ。

6　A　この辺もだいぶ｛a 開けます、b 開けました｝ね。
　　B　そうですね。お店もずいぶん｛a 増えます、b 増えました｝ね。十年前には店らしい店はほとんどありませんでしたけどね。

7　A　ハリソン・フォードの最新作｛a 見ます、b 見ました｝か。
　　B　いいえ、まだですけど。
　　A　じゃ、是非見に行くといいですよ。

二　次の各会話において｛　｝のどちらか適切な方を選びなさい。

1　A　きのうのスイカ、おいしかったですか。
　　B　実はまだ｛a 食べませんでした、b 食べていません｝。なにか？
　　A　いいえ。うちのはまずかったので、おたくのはどうかなと思って……。

2　A　田中さんに連絡してくれましたか。
　　B　いいえ、まだ｛a 連絡しませんでした、b 連絡していません｝。
　　A　じゃ、なるべく早くお願いします。

3　A　昨日のテニスの試合、テレビで見ましたか。
　　B　いいえ、｛a 見ませんでした、b 見ていません｝。
　　A　それは残念でしたね、とてもいいゲームでしたよ。

4　A　昨日、最終バスに間に合いましたか。
　B　いいえ、それがちょっとの差で｛a 間に合いませんでした、b 間に合っていませんでした｝。それでタクシーを拾って帰りました。
　A　それは大変でしたね。

5　A　週末どこかに行きましたか。
　B　急用ができて、どこにも｛a 行きませんでした、b 行っていませんでした｝。

6　A　内田さんは来ましたか。
　B　いいえ、まだ｛a 来ません、b 来ていません｝。さっき、少し遅れるという電話がありました。
　A　ああ、そうですか。
〈翌日〉
　A　内田さんは昨日来ましたか。
　B　いいえ、昨日は結局｛a 来ませんでした、b 来ていませんでした｝。
　A　じゃ、あの仕事はまだ｛a 終わりません、b 終わっていません｝ね。
　B　ええ、来週までかかりそうです。

三　（　）の動詞を適切な否定形（-ナイ、-ナカッタ、または -テイナイ）に直して、［　　］に入れなさい。

1　A　きのう買った本、読んだ？
　B　時間がなくてまだ［　　　　］（読む）わ。

2　A君は前回の宿題をまだ［　　］（出す）が、次回のもきっと［　　］（出す）だろう。

3　彼はきのうレポートを［　　］（提出する）。クラスの半数の学生がまだ［　　］（提出する）。

4　昨年は学会の一週間前になってもまだ発表の準備ができていなかった。今年は、もう少し早めに準備しておこうと思ったが、まだ［　　］（できる）。

5　A　君は彼の電話番号をまだ［　　］（きく）のですか。
　　B　ええ、まだ都合がつかなくて、彼に［　　］（会える）。

〔三〕 -テイル

テイル形の意味は、それがつく動詞自体の意味によって決まる場合と、主に文脈的要因によって決まる場合とがある。はじめに前者のケースをみる。

1　動詞の意味

第一章において、述語を〈状態〉を表すものと〈動作・出来事〉を表すものとに分けたが、-テイルの意味の決定、さらにはアスペクト全体の観点からみて特に重要なのは、〈動作・出来事〉を表す類の下位区分である〈継続〉動詞（降る、読む、など）と〈瞬間〉動詞（倒れる、死ぬ、など）との違いである。〈継続〉動詞は、ある時間を通して継続して行われるような動作・作用を表し、一方〈瞬間〉動詞は、瞬間に終わってしまう動作・作用を表す（金田一 一九五〇）。これらにはそれぞれつぎのような動詞が含まれる。

〈継続〉動詞　書く、読む、話す、笑う、泣く、走る、歩く、降る、散る、吹く、流れる、など

〈瞬間〉動詞　倒れる、死ぬ、（電気が）つく、消える、触れる、届く、始まる、終わる、着く、など

この二つの類の動詞は、右に述べたような語彙的意味の違いによりまず区別されるが、-テイルがつくと、さらにアスペクトに関してもはっきりとした違いが現れる。即ち、継続動詞＋テイル（降っている、読んでいる、など）は、ある動作が進行中であることまたはある現象が継続していることを表す。例えば、

(1)　あの子は、さっきから独り言を言っている。
先ほどからみぞれが降っている。
桜の花が、風に乗って吹雪のように、散っている。

これらは、現在話し手の眼の前に展開されている情景、つまりある動作または現象が進行中であることを表す。

一方、瞬間動詞＋テイル（倒れている、死んでいる、など）はある動作が終わり、その結果生じた状態が現在存続していることを表す。例えば、

(2)　あっ、ゴキブリが死んでいる。

映画が始まっている。

ポスターがはがれている。

これらは、単なる現在の状態の描写ではなく、その状態が過去のある時点で一瞬の内に起こり終わった出来事の結果であることを言おうとしている。ただし、話し手は必ずしもその出来事が起こった一瞬を目撃していなくてもよい。つまり、瞬間動詞＋テイル形は、一方ではある事柄が起こったその瞬間に話し手が居合わせてその時に発した表現とも異なり、他方では現在の状態を過去の出来事から切り離して単に描写する表現とも異なる。

例えば、次のような表現を比べてみよう。

(3)　a　あっ、映画が始まった。
　　b　映画が始まっている。
　　c　映画は上映中です。

(4)　a　雨がやんだ。
　　b　雨がやんでいる。
　　c　雨は降っていない。

(3)aは、話し手が映画が始まった瞬間にそこに居合わせた時の表現、cはいつ始まったかとは無関係に、上映されているという現在の状態を単に描写したものである。bのテイル形はこれら二つの表現のいずれとも異なり、現在上映されていることが、それに先立つ、上映開始という出来事が招いた結果であることを視野に入れた表現である。また(4)においては、bのテイル形は「雨がやんだ」瞬間を目撃したaとも、「雨が降っていない」という現在の状態の描写であるcとも異なり、今降っていないのは「雨がやんだ」という事態の結果であると話し手が認識している、ということを表す。

同様に、(2)の「ポスターがはがれている」という表現では、話し手が実際に見ているのはポスターが風にひらひらしている目前の状態であるだけだとしても、その状態がそれに先立って（瞬間的に）はがれたことの結果であると了解していることを示す。出来事の瞬間を描写するのならば、「あっ、ポスターがはがれた」となるであろう。

以上、〈継続〉動詞と〈瞬間〉動詞のテイル形の意味を見たが、すべての動詞がこのどちらかの類にはっきりと分類できるわけではない。同一の動詞のテイル形が両用に解される場合もある。

(5)　a　桜の花が、風に乗って吹雪のように散っている。（＝(1)）
　　b　桜の花が一面に散っている。まるで絨毯のようだ。

(6)　a　うちの子は、隣の部屋で、一人で服を着がえている。
　　b　これからパーティーがあるので、みんなもうスーツに着がえている。

(5)a、(6)aは、話し手の目の前である出来事が進行中である場合、(5)b、(6)bは、ある瞬間的な出来事の結果としてのその時点での状態が述べられている。つまり、前者においては「散る」「着がえる」は〈継続〉動詞であり、後者においては〈瞬間〉動詞と解される。

以上、動詞自体の語彙的な意味とテイル形を伴った場合のアスペクト的意味との間のもっとも基本的な対応は次のようになる。

〈動作・出来事〉を表す動詞	下位区分	+テイルの意味
	継続動詞	動作・現象の継続
	瞬間動詞	結果の状態・実現

なお、-テイルの過去形は -テイタ、否定形は -テイナイである。

練習問題〔三〕の1

一　次のテイル形は継続を表すか、瞬間的な出来事の結果を表すかを言いなさい。

1　おじいさんは柴刈をしています。（　　）そしておばあさんは小川で着物を洗っています。（　　）

2　しばらく行くと、なんと道端に馬が死んでいます。（　　）

3　おじいさんは、刈り取った柴を集めています。（　　）

4　家に帰ってみると、大切にしていた宝物の箱があいています。（　　）

5　子供達からの手紙が届いています。（　　）

二　次の1—12のテイル形の用法は、A、Bどちらの用法と同じかを答えなさい。

A　子供は今自分の部屋で勉強しています。

B　あそこに財布が落ちています。

1　雨が降っています。（　）
2　雨はとっくにやんでいます。（　）
3　ドアに鍵がかかっています。（　）
4　あの人はさっきからずっと新聞を読んでいます。（　）
5　軒下まで雪が積っています。（　）
6　郵便局は閉まっています。（　）
7　上田さんは応接間でお客様と話しています。（　）
8　田中さんは向こうの部屋で待っています。（　）
9　あそこに大きな木が倒れています。（　）
10　罰として、庭の掃除をさせられています。（　）
11　廊下には沢山絵が掛かっています。（　）
12　あの人は窓際の席から、ぼんやり外を眺めています。（　）

2　文脈的要因

前節では、テイル形の意味が動詞の語彙的意味に直接に対応している場合を見た。しかし、この対応関係が常に成り立つわけではない。テイル形の意味が〈継続〉動詞、〈瞬間〉動詞の別にかかわりなく、主に文脈的要因によって決まる場合もある。

まず、テイル形が現在の習慣ないしは繰り返し行われる出来事を表す場合がある。例えば、

(1)　医者のいうとおりに、一日に三回薬を飲んでいる。

(2)　毎朝、野鳥にえさをやっている。
毎週水曜日には、部屋の掃除をしている。
ぼくは、この頃、朝六時に起きている。
この頃、夕刊は四時に届いています。
今年になって、彼はいつも長袖のシャツを着ている。

このうち(1)は〈継続〉動詞、(2)は〈瞬間〉動詞である。既に見たように、前者は現在進行中の動作を表し、後者は結果としての状態を表すのが普通であるが、ここでは共に現在の習慣を表している。この場合には、「毎朝」「毎週」「この頃」「今年になっていつも」などの特定の期限を表す副詞的表現を伴うことが多い。特に(2)の〈瞬間〉動詞の場合のように、動詞によって表されるのは一回限りの動作・現象であっても、適切な文脈が与えられれば、それらの動作・現象が連続して集まって、現在繰り返し起こる習慣を表すことができるようになる（寺村　一九八四）。この点は、次のように、個々の出来事の継続を表す場合にさらに明らかである。

(3)　一カ月平均五百人の人が交通事故で死んでいる。
チューリップの花が咲き出している。

テイル形の意味のうち、〈継続〉動詞対〈瞬間〉動詞の意味的対立にかかわりなく決まるもう一つの例は、過去に完了してしまった出来事を現在の時点からいわば回想的に述べる用法である。

(4)　彼は、スピード違反で二回注意を受けている。
上田先生は、四百近い論文をお書きになっている。

(5) 彼らは昨年五つの大学を受験している。
今夜は、ナイターが全部中止になっている。
先月までに二回戒厳令が発せられている。
墜落した飛行機は過去に二度小さな事故を起こしている。

(4)は〈継続〉動詞、(5)は〈瞬間〉動詞とみなされるケースであるが、ここでは共に、過去に起こったか過去において完了した事柄を振り返ってその現在における意味合いを問題にする用法である。

以上、〈継続〉動詞と〈瞬間〉動詞とをとりあげ、それらの動詞自体の意味とテイル形の意味とが対応している用法、および対応はしないが適切な文脈が与えられれば両方の類の動詞に共通して見られる用法との二つをみた。

3　特殊な動詞

最後に、上述以外の動詞の類として、次のものを考える。

そびえる、優れる、ばかげる、似る、ありふれる、ずば抜ける、など

この類はいずれも、意味的にはある事柄が「ある状態、性質を帯びていること」（金田一　一九五〇）を表し、この点、形容詞に非常に近い（寺村（一九八四）では形容詞的動詞と呼ぶ）。また形式的には、常にテイル形でしか用いられない。例えば、

(1) 山が高くそびえている（*高くそびえる）。

彼女の事務能力はずば抜けている（＊ずば抜ける）。
あの子は父親に本当によく似ている（＊似る）。

これらは（他者との比較において）主体の状態・性質を表す点で確かに形容詞的である。他に、特に注意すべきものとして「もつ」「知る」「覚える」「住む」などがある。これらのテイル形は、継続とも結果の状態ともとれるが、いずれにせよ一種の状態を表すとみることができよう。

(2) 君はパソコンをもっていますか？
彼の電話番号なら知っています。
ええ、あの学生のことならよく覚えています。
彼は、今横浜に住んでいるそうです。

以下では、-テイル以外のテ形＋補助動詞を含む表現の意味・用法を観察する。

練習問題〔三〕の2

一 次の動詞ないしは動詞句の中から適当なものを選び、それを適切な形に直して（　）の中に入れなさい。

曲がる、尖る、すべすべする、優れる、太る、やせる、しゃれる、ありふれる、面する、離れる、堂々とする、ザラザラする

1 A 今日は風が強いからホコリがひどいですね。

B　ええ、テーブルの上がこんなに（　　　　）。

2　A　私はこの論文を推薦します。この三つのなかで一番（　　　　）。

B　でもテーマは（　　　　）よ。どこにでもありそうなテーマです。

3　A　この家はどうですか。駅から歩いて十五分ぐらいですし。

B　ちょっと地図を見せて下さい。うん、駅から結構（　　　　）ね。本当に十五分で行けるんですか。

A　ええ、大丈夫ですよ。この家は南側が道路に（　　　　）。ですから日当りもいいですよ。

B　でも、うるさくないですか。

4　あの二人は兄弟でもあまり似ていません。上の子は丸々とよく（　　　　）。でも下の子は背が高く（　　　　）。

二　次の文は、佐々木先生の人柄について述べたものです。（　　）の語句を適当な形に直して［　］に入れなさい。

佐々木先生は、とても熱心な先生で、生徒達から好かれています。時々厳しく怒りますが、普段は［　　　　］（にこにこする）。ただ、時々誰にも分からない冗談を言って一人でいつまでも笑っていることがあります。この点が一番［　　　　］（変わる）。そんな時、教室は一瞬しーんとなってしまいます。背はあまり高くありませんが、どちらかというと［　　　　］（やせる）方です。先日、授業中に地震があって、みんながあわてて立ち上がろうとした時、先生はすかさず、「あわてないでじっとしていなさい」と落ち着いた声でおっしゃいました。さすがに先生はいつも〔　　　〕（落ち着く）。

三　次の各文において｛　　｝からどちらか適当なものを選びなさい。

1　A　内田さんの自宅に電話したいんですけど、電話番号｛a　わかりますか、b　わかっていますか｝。

B　電話番号簿に書いてありませんか。

A　ええ、載っていないんですよ。内田さんの名刺｛a　持ちませんか、b　持っていませんか｝。

B　ああ、名刺なら｛a　持ちます、b　持っています｝。でも名刺には会社の番号しか書いてないですよ。

2　〈あるパーティーで〉

A　小松さん、こんにちは、ご無沙汰しています。私のこと｛a　覚えますか、b　覚えていますか｝。

B　ええ、もちろんです。橋本さんでしょう。一年ぶりぐらいですね。

A　お元気そうで……。

B　ええ、おかげさまで。橋本さんもお元気そうですね。

A　ええ。ちょっと小松さんに紹介したい人がいるんですよ。あの人｛a　知りますか、b　知っていますか｝。

B　ああ、あの人ですね。｛a　知りません、b　知っていません｝。

3　A　お住まいはどちらですか。

B　埼玉県の宮代町という所に｛a 住みます、b 住んでいます｝。
A　お勤めは東京ですか。
B　ええ、TT商事という会社に｛a 勤めます、b 勤めています｝。
　　東京駅のすぐ近くにあります。
A　失礼ですが、お一人ですか。
B　ええ、まだ｛a 結婚しません、b 結婚していません｝。独身です。
A　結婚する気は……。
B　そうですね。当分は｛a 結婚しません、b 結婚していません｝。
A　どうしてですか。
B　経済的にちょっと無理ですから。

〔四〕テ形＋補助動詞

1　-テイタ・-タの比較

前節でみたように、-テイルには現在の時点における動作の継続を表す場合と、過去の出来事の結果としての現在の状態を表す場合とがある。その過去形である -テイタには、過去の時点における動作の継続を表す用法（次の(1)）と、過去のある時点より前に起こった出来事の結果としての過去の状態を述べる用法（次の(2)）とがあることになる。

(1)　一九七〇年は学園紛争の嵐が吹き荒れていた。

(2)
昨年の今ごろは猛暑が続いていた。
僕が通りかかったときには、既にその木は倒れていた。
三日前にはその窓ガラスは割れていた。
一週間留守していたので、家中ほこりだらけになっていた。
石には、苔がびっしり生えていた。

一方、第一章で見たように、タ形にも（アスペクト表現として現在における既然を表す用法の他に）テンス表現として過去の出来事・状態を表す場合がある。

(3)
僕が通りかかったとき、木が倒れた。
三日前にその窓ガラスが割れた。

このように、-テイタと-タとは共に、過去の事象を表す用法をもつ点で共通している。両者の違いは、-テイタがアスペクト表現として過去の状態を表し、-タがテンス表現として過去の事象を表す点である。従って、(2)—(3)のように、過去の特定の時点を示す表現と共に用いられる場合には、-テイタはその時点に至るある一定の幅をもつ事象を表し、-タはその出来事の発生がその時点であることを表す。

例えば、次の(a)—(b)の違いを図示すると次のようになろう。

(4)
a　三日前にその窓ガラスは割れていた。　=(2)
b　三日前からその窓ガラスは割れている。
c　三日前にその窓ガラスは割れた。　=(3)

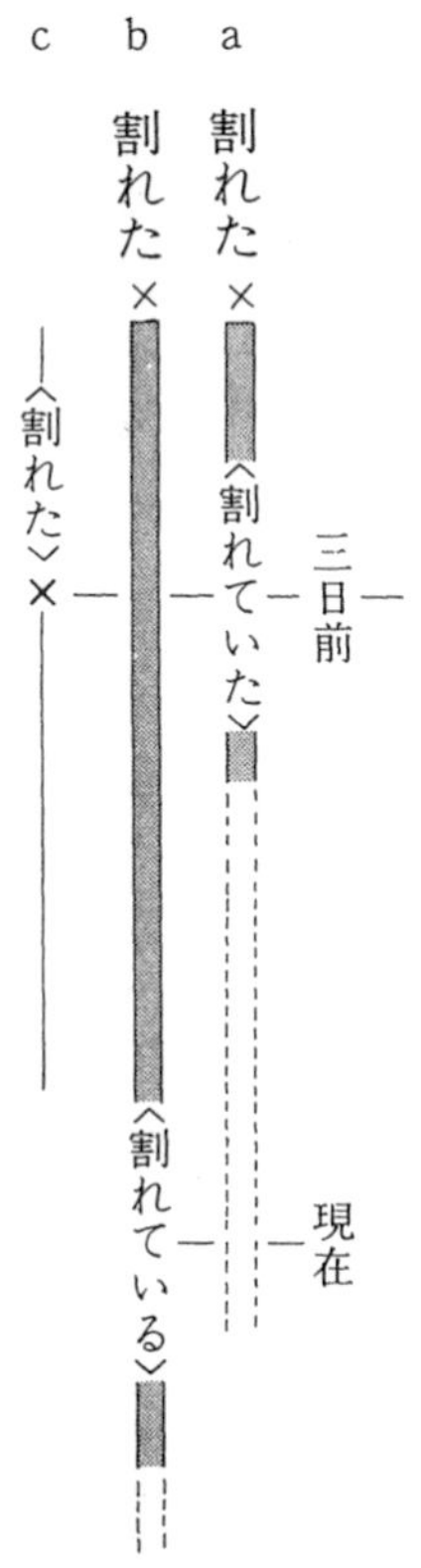

三日前　　　　　現在
a　割れた×〈割れていた〉
b　割れた×〈割れている〉
c　〈割れた〉×

同様に、次の例をみると

(5)　胃の検査のために　入院した／入院していた。
(6)　我々は丘の中腹で　野営した／野営していた。

タ形（「入院した」「野営した」）は単にその出来事が発話の時点より前に起こったことを示し、テイタ形（「入院していた」「野営していた」）は過去のある時点に至るある幅をもった事象を表す。後者は、従って、さらに別の出来事・状態の出現に対する時間的背景を表しうるが、前者はそうではない。

(7)　会社が倒産したとき、社長は、胃の検査のために入院していた（＊入院した）。
(8)　我々は雪原で野営をしていた（＊野営をした）。その三日目の朝、すばらしいオーロラが見えた。

練習問題〔四の1〕

一　例にならって、次の二つの文を一つの文にしなさい。

例　1　外を見る。雨が降る。
→外を見ると、雨が降っていました。
2　外を見る。雨はもう降っていない。
→外を見ると、雨はもう降っていませんでした。

1　気がつく。列車は海岸線を走る。
→（　　　　　　　　　　）

2　バスの窓から外を見る。安井さんが女の人と歩く。
→（　　　　　　　　　　）

3　あたりを見回す。もう誰も泳いでいない。
→（　　　　　　　　　　）

4　何があったのかと思って、教室に入って行く。学生達が言い争いをする。
→（　　　　　　　　　　）

5　声がした方を見る。女子高校生が大きな声を上げて、募金の呼掛けをする。
→（　　　　　　　　　　）

6　急いでホームに駆け登っていく。発車のベルはすでに鳴る。
→（　　　　　　　　　　）

7　公園に戻る。友達はもう遊んでいない。

→（　　　　　　　　　　　　　　　　　　）

二　例にならって、次の二つの文を一つの文にしなさい。

例　1　二十年ぶりにふるさとへ帰る。何もかも変わってしまった。

→二十年ぶりにふるさとへ帰りましたが、何もかも変わってしまっていました。

2　一時間前にその前を通る。ガラスは割れていない。

→一時間前にその前を通りましたが、ガラスは割れていませんでした。

1　七月の終わり頃戻る。梅雨はまだ明けていない。

→（　　　　　　　　　　　　　　　　　　）

2　九時ちょっと過ぎに行く。その切符はもう売り切れた。

→（　　　　　　　　　　　　　　　　　　）

3　いつもより早めに家に帰る。子供はもう寝た。

→（　　　　　　　　　　　　　　　　　　）

4　三十分ばかりで店を出る。雨はまだ上がっていない。

→（　　　　　　　　　　　　　　　　　　）

5　定時の五時に会社を出る。家に着く頃あたりはすっかり暗くなった。

→（　　　　　　　　　　　　　　　　　　）

三　（　）の動詞を適切な否定形（ナカッタまたはシテイナカッタ）に直して［　　］に入れな

さい。

1 僕が家に戻ったとき、子供達はまだ学校から［　　　］（帰ってくる）。

2 少し遅れて行ったが、会合はまだ［　　　］（始まる）。

3 先週説明したところを復習してみたんですけど、学生達はあまりよく［　　　］（わかる）。

4 昨日は遅くなったので、帰りに買物は［　　　］（できる）。

5 彼はこのところとても忙しそうなので、今日のパーティーには［　　　］（誘う）。

6 三日前まではまだ一頁も［　　　］（書く）が、おとといアイデアが浮かんでからは筆がすすみ、書き上げるのに二日と［　　　］（かかる）。

7 ゆうべ久しぶりにタバコを吸ってみた。胃をこわして以来約一年間一本も［　　　］（吸う）。何度か吸いたいと思ったが、その度に我慢して［　　　］（吸う）。

2 -テアル

〔三〕節でテイル形の最も基本的な用法の一つが、現在の状態を過去において起こった動作・出来事の結果として述べるものであることを見た。同じ機能を担うもう一つの形式がここでとりあげるテアル形である。

(1) 窓が開いている。
窓が開けてある。

(2) 部屋のランプが消えている。

部屋のランプが消してある。

(1)、(2)において、-テイルも -テアルも共に過去における出来事、「窓が開いた」または「ランプが消えた」の結果が現在存在していることを示す。しかし、両者にははっきりした違いがある。つまり、-テアルはもっぱらその過去の出来事が人の意志によってもたらされたものであることを示すのに対し、-テイルにはそのような制限はない。即ち、-テアルは次の二つの条件が整ったときにのみ用いうる。

(3)　a　現在の状態が過去の出来事の結果として認められるものであること

　　b　その出来事が人為的にもたらされたものであること

(1)を例にとると「窓が開いている」と言った場合には、それに先立つ「窓が開く」という出来事が、人為的なものでも風に吹かれて自然に起こったものでもよい。しかし「窓が開けてある」と言った場合には必ず人為的なものであることを示す。

このように、-テアルは、現在の事態が人為的な行為の結果もたらされたものであることを示すが、そのようにしてもたらされた現在の状態には、知覚で捉えられ、従って、その状態をそのまま伝えうる場合——右の(1)(2)および次の(4)——と、直接には知覚できないがその状態を説明はできる場合とがある。後者の例として(5)をあげる。

(4)　掲示板に求人の知らせが貼ってある。

　　机に手紙が置いてある。

(5)　新幹線の切符を予約してあります。

子供達にはそのことを良く言い聞かせてあります。

3　-テアル・-テイル・-ラレテイルの比較

-テアルは、現在の事態が人為的な行為の結果もたらされたものであることを表す。従って、テアル形をとることができる動詞は他動詞である。例えば、-テアルは、他動詞「開ける」「伸ばす」には付くが、対応する自動詞「開く」「伸びる」にはつかない。

(1)　窓を開ける／窓が（を）開けてある。
　　窓が開く／＊窓が開いてある。

(2)　しわを伸ばす／しわが（を）伸ばしてある。
　　しわが伸びる／＊しわが伸びてある。

一方、人為的な結果であることを特に要求しない -テイルは、他動詞にも自動詞にもつく。

(3)　窓を開けている。
　　窓が開いている。

(4)　しわを伸ばしている。
　　しわが伸びている。

-テイルの受身形である -ラレテイルは、他動詞・自動詞にかかわらず、受身形をとることができる動詞には付く。(5)は他動詞、(6)は自動詞——いわゆる「迷惑の受身」——の場合である。

(5)　窓が開けられている。
　　しわが伸ばされている。

(6)　彼は、幼少のときに、両親に死なれている。
　　彼女は、恋人に自殺されている。

従って、特に問題になるのは、右の三つの形式をすべてとることができる動詞の場合、即ち「開く／開ける」「伸びる／伸ばす」などのように自動詞と他動詞とが規則的に対応している動詞の場合に、自動詞＋テイル（開いている）、他動詞＋テアル（開けてある）、および他動詞の受身形（開けられている）がどのように違うのか、ということである。具体例をいくつかみよう。まず、適切な文脈が与えられれば、-テアル、-テイル、-ラレテイルの三者が共に使える場合がある。

(7)　めずらしいチョウの標本が
　　a　並べてある
　　b　並んでいる
　　c　並べられている

(8)　小川の流れが
　　a　止めてある
　　b　止まっている
　　c　止められている

しかし、これら三つの形式の意味は微妙に異なる。aの -テアルは誰か人の意図的な行為によって現在の状態がもたらされていると見なす場合。bの -テイルはそれと反対に状態の原因は考えず、自然にそのようになっていると見なす場合、cの -ラレテイルはなんらかの原因によって、現在の状態がもたらされているとは認めつつも、それが誰か人の行為によるものかどうかは問題にしていない場合である。ただし、-テイルの主体が人間の場合には、その主体の自主的な行為を表すものと考えるのが普通である。

(9) 昼休みになると、いつも、学生食堂に学生が

- a　*並べてある
- b　並んでいる
- c　*並べられている

食堂に学生が並んでいるのを見て、それが誰か他の人の意図によって（強制的に）そうなっていると解することは普通ではないし、また人でなくても、他の外的な要因によると解することも自然ではない。従って、この場合は、主体の自主的な振舞いを表しうる自動詞＋テイル形のみが適切である。

(10) 昨日の嵐で、沢山の魚が浜に

- a　*打ち上げてある
- b　*打ち上げている
- c　打ち上げられている

魚が、自らの意志で浜に打ち上げることはないであろうし、「昨日の嵐で」という表現によって、人為的でないことがはっきりしている。従って、外的な要因はあるが、人為的ではない場合の -ラレテイルのみが適切である。

(11) 「健康のため吸いすぎに注意しましょう」と印刷

- a　してある
- b　*している
- c　されている

この場合には、文字の印刷にはなんらかの作用が必要であろうからbの -テイルがまず排除される。しかしaの -テアルおよびcの -ラレテイルはほとんど同じ意味となり、aの場合にもことさら特定の個人が人為的に印刷するという含意は感じられない。この点でやや特殊なケースであるといえる。

練習問題〔四の2、3〕

一（　）内の動詞を -テイル、-テアル、-ラレテイルのいずれかの形に直して、［　　］の中に入れなさい。ただし、二つ以上の形が可能な場合もある。丁寧形を用いること。

1　三輪車が庭に出しっぱなしに［　　　］（する）よ。早く、しまいなさい。

2　ここに［　　　］（置く）本は誰のですか。表紙が［　　　］（破れる）よ。

3　彼女は、料理の作り方を新聞や雑誌から切り取っていつもノートに［　　　］（貼る）。

4　子供達が去年から［　　　］（ほしがる）おもちゃは、これです。

5　あの先生は、学校中の生徒から［　　　］（好く）。

6　台風のために、流木が沢山浜に［　　　］（打ち上げる）。

7　潜水艦の衝突事故で、防衛庁が［　　　］（非難する）。

8　よく探して下さい。その辺に［　　　］（置く）はずです。

9　C教授には、もう受賞のお祝いの電報を［　　　］（打つ）。

二（　）内の動詞を -テイル、-テアル、-ラレテイルのいずれかの形（丁寧形）に直して、

「　」の中に入れなさい。二つ以上使える場合もある。

夏休みになってから、僕は友達と都内の科学博物館に行きました。入場券を買って、館内に入ると、まず正面に全長二十メートルもある恐竜の骨格模型が「　　　」(置く)。案内の矢印に従って進むと、はじめの部屋には古代の生物の化石が「　　　」(陳列する)。石の中に、貝や魚や大きな鳥の姿がはっきりと認められます。一つ一つの化石の下には、学名と短い説明が「　　　」(付く)。次の部屋には、地球上の動物達の剝製が「　　　」(並べる)。一番印象に残ったのはシーラカンスの剝製と人間の脳の標本でした。二階に上がると大きなホールがあり、科学技術の発達をもたらしてきたいろいろな発明品が「　　　」(展示する)。天井からは、レオナルド・ダ・ビンチが考案したという飛行機の模型が「　　　」(吊り下げる)。

博物館の中庭には、人工衛星打ち上げ用の巨大なロケットが三基「　　　」(据え付ける)。多くの小学生が「すごいなー」と言いながら、ロケットを「　　　」(見上げる)。

その後、さらに一時間ぐらいみて、博物館の出口から外に出ると、館内のひんやりした空気とはうって変わって、真夏の太陽が「　　　」(照りつける)。

4　-テシマウ

-テシマウという形式には、テ形に対するシマウの独立性からみて、少なくとも二種のものを区別することができる。

(1)　洗濯物を完全に乾かしてしまう。

(2)　a　洗濯物を完全に乾かした後に（引き出しに）しまう。

　　b　洗濯物を完全に乾かし終える。

(1)における -テシマウは(2)のab二通りに解釈が可能である。aはシマウが独立した本動詞として使われている場合（この時には通常、テ形とシマウとの間に音声的な切れ目が入る）。一方bの意味になる場合が以下で扱うアスペクト形式としての用法である。

(2)bからも分かるように、アスペクト形式としての -テシマウ（過去形は -テシマッタ）は、ある動作・出来事が終了したことを表す。この意味は「あっという間に」「もう」「—ている間に」などの副詞的表現があるとさらに明確になる。

(3)　彼女は、あっという間に、仕事を片づけてしまう。

　　もう、掃除をしてしまった。

　　あなたを待っている間に、手紙を書いてしまいました。

もっぱら事柄の終了したことを表すという用法は、ある出来事の結末を強調することになり、次の(4)のように、後悔の念、悲しみの念の表明になることも多い。また、(5)のように命令形で用いられると、早くそのことを行って現実のものとして完成させよ、という意味になる。

(4)　まったく、余計なことを言ってしまった。

　　うかつにも、みんなに知らせてしまった。

(5)　早く、宿題をやってしまいなさい。

急いで、その仕事を片づけてしまえ。

また、関東では日常くだけた会話で、-テシマッタが縮約されて、-チャッタという形になり、話し手の感情を表す表現になる。

(6) 彼女からチョコレートをもらっちゃった（うれしいなあ）。
しめしめ、彼は気づかずに行っちゃった（よかった）。
みんなに誤解されちゃって、本当に困っちゃったよ（まいったなあ）。

5　-テクル

-テクルという形式には、テ形をとる動詞とクルとの間の意味的・機能的関係によって、少なくとも三つの類を区別することができる。

(1) 彼女は郵便局へ寄って（こちらに）来るので、少し遅れます。
彼女は途中で本を買って来るはずです。

(2) 時間がないので、タクシーに乗って来た。
駅から歩いて来ました。

(3) 霧が晴れて、山が見えてくる。
遠くから波の音が聞こえてくる。

(1)は二つの異なった動作が連続して起こり、テ形（「寄って」「買って」）とクル（「来る」）とが、対等に並列的に述べられている場合。(2)はテ形（「乗って」「歩いて」）がいわば副詞的修飾要素として働き、クルという主動詞が表す動作を修飾・限定している場合である。これら二つのケースのクルは、いずれも独立した主動詞として働いており、アスペクトを表す形式ではない。一方(3)では、テ形の方が主動詞として働き、クルが補助動詞としてアスペクトを表す。ここで(1)―(2)と異なりテ形が主動詞となっていることは、テ形を除いてクルだけを用いることができないことからも分かる。

(4)　＊霧が晴れて、山がくる。
　　＊遠くから波の音がくる。

アスペクト形式 -クルの文法的性質は、右のように主動詞としての「来る」とははっきり異なるが、意味的には主動詞としての意味が基本的に残り、なんらかの対象・現象が話し手の方へ（または話し手の知覚の領域へ）近づいてくることを表す。具体的には、次のようなケースが含まれる。

まず、テ形の主体の意志により行われる移動を表す場合には、-テクルでその主体自体が話し手の方に近づいてくることを表す。

(5)　小学生たちが、向こうから歩いてくる。
　　野鳥が庭先に集まってくる。
　　登山者が山頂から下りてくる。

次の例では、主体が意志をもつものとはいえないが、これに準じたものと見なせよう。

(6)　自動車が近づいてくる。

ホコリが窓から入ってくる。

一方、主体が人・動物以外の（意志をもたない）ものである場合には、(3)の自発動詞の例に典型的に見られるように、知覚に映じた現象が変化してくることを示す。

(7) 桜の花がようやく咲いてきた。
午後から気温が上がってくるそうです。
クロッカスのつぼみがふくらんできた。

また変化するものは外界の事象だけでなく、話し手の内面に関するものでもよい。

(8) パソコンの使い方がようやく分かってきた。
彼と話しているといつも希望がわいてくる。
そんな話をきくと、まったく気が滅入ってくる。

6 -テイク

-テイクの形式にも、-テクルの場合と同様に、テ形とイクとの間の意味的ないしは機能的関係によって少なくとも三つの類を区別することができる。

(1) そちらには、郵便局へ寄って（から）行くつもりです。
彼のことだから、十分に準備をして行くでしょう。

(2) 今度の旅行では、飛行機に乗って行く予定です。

ここからは歩いて行かなければなりません。

(3)　飛行機の爆音が遠ざかっていく。
　　街の無数の光が、視界から消えていく。

(1)は異なる動作が連続して起こり、テ形「寄って」「準備して」とイクとが、並列されている場合。(2)はテ形「乗って」「歩いて」が副詞的修飾要素としてイクという動作を限定する場合である。いずれも、イクは主動詞として働き、アスペクトを表してはいない。一方、(3)では、テ形「遠ざかって」「消えて」が主動詞であり、イクは補助動詞としてアスペクト的意味を表す。この場合には、テ形の主動詞を除くことはできない。

(4)　*爆音がいく。
　　*無数の光がいく。

アスペクト形式としての -イクの基本的意味は、-クルと反対に、ある対象・現象が話し手から遠ざかっていく、または話し手の知覚から離れていく、ということである。動作の主体は(5)のように意志をもつものである場合もあり、(6)のようにそうでない場合もある。

(5)　多くの学生が、学園を去っていった。
　　毎月、難民の多くが日本を出国していく。

(6)　山肌の雪が消えていく。
　　この部品はすぐに擦り減っていく。

また、外界のものだけでなく、話し手の内面に関するものについても言える。

(7)　急に、その問題から興味が薄れていった。
血の気がさっとひいていくのが分かった。

以上見たように、-テクルと -テイクとの違いは、ある対象・現象が話し手（またはその知覚の範囲）に近づいてくるか、またはそこから遠ざかるか、というところにある。従って、テ形の動詞の意味特性ないしは文脈上の制約によって、どちらか一方しか使えない場合も出てくる。前者の例としては、

(8)　遠い幼い日の思い出がふと蘇ってきた（＊蘇っていった）。
地表から温泉が噴き出してきた（＊噴き出していった）。

(9)　二人の気持ちは徐々に遠ざかっていった（＊遠ざかってきた）。
宇宙船は、我々の母船から、離れていった（＊離れてきた）。

つまり、-テクルと -テイルおよびそれらの主動詞は、各々が表す運動の方向、現象の知覚への接近または離反の方向、において一致していなければならない。そして、この方向は、話し手の視点の置き方と結びつき、-テクルと -テイクの使い分けに関与する文脈的要因となる。例えば、

(10)　戦争の激しさが増してきた／増していった。
フェニキア人は、地中海沿岸に勢力を広げてきた／広げていった。
地平線の彼方が暗くなってくる／暗くなっていく。

各々の対には、右に述べた話し手の視点の違いが明確に感じられる。

次の-テイクウチニは「-するにつれて」、「-するに従って」という意味のやや固定化された表現である。

(11) これから考えていく（＊くる）うちに、分かるかもしれない。

会話は、いつも練習していく（＊くる）うちに、上達するものです。

練習問題〔四の5、6〕

一 各文の｛ ｝内のどちらか適当なものを選びなさい。ただし、両方使える場合もある。

1 見上げると、屋根から瓦が落ちて｛a いく、b くる｝し、本当にこわかった。

2 敗戦と共に、アメリカ文化の影響が国民の間に急激に浸透して｛a いった、b きた｝。

3 諸外国から日本に対して、貿易黒字の削減を要求する声が高まって｛a いっている、b きている｝。

4 水平線の彼方に真っ赤な太陽が沈んで｛a いく、b くる｝。あたりは次第に冷え冷えとして｛a いった、b きた｝。彼は、コートの衿を立てて、歩きだした。

5 六十年代の高度成長は都市の生活環境を悪化させ、住民の間に反政府の感情をつくりだして｛a いった、b きた｝。

6 あの事故以来、彼女の気持ちは彼から離れて｛a いった、b きた｝。

二 動詞はその意味によって、-テクル、-テイクの形を両方とれるものとどちらか一方しかとれな

いものとがある。例えば、

A　台風が本土に　近づいていく／近づいてくる
B　記憶が　＊よみがえっていく／よみがえってくる
C　彼女は私から　去っていった／＊去ってきた

次の動詞は、右のA、B、Cのどの類に属するかを例文を作って考えなさい。

見える（　）、遠ざかる（　）、生まれる（　）、死ぬ（　）、現れる（　）、
増える（　）、（興味が）冷める（　）

〔五〕　連用形＋補助動詞

前節で扱ったテ形＋補助動詞と並んで、アスペクトを最もはっきりと表す形式は、動詞の連用形＋補助動詞からなる表現である。

（書き）-ハジメル、-ツヅケル、-オワル、-アゲル、-コム、-カケル、-トオス、など

これらの補助動詞はいずれも語形だけから見れば本動詞として用いられる可能性をもつものであり、全体として動詞＋動詞(的要素)という構成になる。勿論、テ形の場合と同様に、この構成をもつ連鎖がすべてここでいう「動詞の連用形＋補助動詞」の類型に入るわけではない。さて、この類型の特徴は、前項が完全な本動詞であるのに対して、後項のアスペクト形式となる要素が、本動詞

としての意味ないしは文法的性質を失っていることである。例えば、「書きはじめる」の -ハジメルは、本動詞として用いられるときは、常に他動詞として目的語をとる（太郎は練習を始めた／＊太郎は始めた）が、アスペクト形式として用いられる場合は、それ自身の他動詞性を失って自動詞にもつきうる（太郎は走りはじめた）。この章では、この類の典型的なアスペクト形式のいくつかを例示し、その表す意味をみてゆく。

右にあげた補助動詞（複合動詞の後項）は、その表す意味によって次の三種に分けることが出来る。

a 時間的関係を表すもの
-ハジメル、-ツヅク、-オワル、など

b 空間的関係を表すもの
-アゲル、-オロス、-カケル、など

c 程度・様態を表すもの
-トオス、-ツクス、-ヌク、など

アスペクトとは本来ある対象を時間の流れの中においてとらえ、その「動的な諸相」を問題にするものである。従って、右の分類に関していえば、aの「時間的関係」を表すものが最も基本的なものであり、他の二つ、即ち「空間的関係」「程度・様態」を表すものは、そこからの派生ないしは拡張として位置づけられるものとなろう。以下では、aの「時間的関係」を表す補助動詞に焦点をしぼり、その意味と用法をみてゆく（なお、b、cの類については、本シリーズ『複合動詞』の巻を参照されたい）。

1　-ハジメル・-ダス・-カケル

物事の開始を表す代表的なアスペクト形式は、-ハジメル、-ダス、-カケルの三つである。いずれもある現象が始まること、またはある行為を始めることを表す。

(1)　とうとう雨が降りはじめた。

(2)　ハイカー達は、霧の中をさまよいはじめた。
やがて雨が降りだした。
その子は急に泣きだした。

(3)　彼女は、その時、髪を洗いかけたところだった。
地震があったのは、ちょうど昼食を食べかけた時だった。

(1)―(3)における本動詞「降る」「さまよう」「泣く」「洗う」「食べる」などは動作動詞であり、ある一定の幅をもつ動的事象を表す。事柄の開始を表す-ハジメルなどのアスペクト形式がつくのは、典型的にこの種の動詞であり、意味的に一定の幅をもちえない瞬間動詞にはつかない。例えば、

(4)　彼は、あっと驚いた（＊驚きはじめた、＊驚きだした）。
お箸がポキッと折れた（＊折れ始めた、＊折れだした）。

しかし、瞬間動詞につく場合もある。これは、個々の出来事は瞬間的なものであっても、それらが連続して起こり全体として一つの事象とみなされうるような場合である。

(5)　たった今、野鳥が飛び立ちはじめた。

ネオンが一つ一つ消えだした。

-ハジメルと -ダスは、ほとんど同じ意味であるが、-ダスは「急に（不意に）ある事態が生じる」という意味合いが強い。従って、相手への依頼や勧誘には -ハジメルしか使えない。

(6)　では、問題を解きはじめて下さい（＊解きだして下さい）。
では、食べはじめましょう（＊食べだしましょう）。

-カケルも瞬間動詞につくことができるが、この場合は、ある事象が起こりそうになったが結局は起こらなかった、ということを表す。

(7)　階段から足を踏みはずしかけた。（しかし難をまぬがれた）
危ないところで、銃が暴発しかけた。（しかし食い止めた）
彼は席を立ちかけて、思いとどまった。（＊そのまま出ていった）

また、-カケテイルは、ある事態が起こるための条件が整いつつあることを表す。

(8)　窓ガラスが割れかけている。
この金魚は死にかけている。

練習問題〔五の1

a、bの二つの文が同じ状況を表すように、bの［　　］に、-ハジメル、-ダス、-カケルのいずれかを適切な形に直して入れなさい。ただし、二つ以上の表現が可能なものもある。

例　a　危なく火事になるところだった。
　　b　火事になり「かけた」。

1　a　このコップは、ひびが入っていてもう少しで割れそうだ。
　　b　このコップは割れ「　　　」。
2　a　夜明けになり、星が一つ一つ消えていく。
　　b　星が消え「　　　」。
3　a　うっかりして、秘密をしゃべってしまいそうになった。
　　b　秘密をしゃべり「　　　」。
4　a　では、解答をお願いします。
　　b　では、解答を書き「　　　」て下さい。
5　a　全国的に、干ばつで稲が枯れていっている。
　　b　稲が枯れ「　　　」。
6　a　朝顔がもう少しで咲きそうです。
　　b　朝顔が咲き「　　　」。
7　a　五分後に歩いて出発しましょう。
　　b　五分後に歩き「　　　」ましょう。

2　-ツヅケル・-ツヅク

ある動作・事象が進行中であることを表す。-ツヅクの方は、雨、あられが「降りつづく」などの表現に限られている。ただし、人により多少の揺れがあるようである。

(1) 雨期には、二カ月間、雨が｛?降りつづける／?降りつづけた　降りつづく／降りつづいた｝。

(2) 山火事は、十日間、｛燃えつづけた　*燃えつづいた｝。

(3) 二日間、飲み水もなく｛歩きつづけた　*歩きつづいた｝。

(4) 空気が｛乾燥している（状態）　*乾燥しつづけた｝。

(5) 彼に、次男が｛生まれた（瞬間）　*生まれつづけた｝。

継続または進行中の意味とは相入れない表現、即ち状態または瞬間を表す表現にはつかない。

練習問題〔五の2〕

一　｛　｝の中から適当な表現を選びなさい。

1　三十キロを、やっとのことで｛a 走りつづけた、b 走りつづいた｝。

2　彼女は十時間も｛a 眠りつづけた、b 眠りつづいた｝。

3　夕方まで大粒のあられが｛a 降りつづけた、b 降りつづいた｝。

4 彼は窓ガラスを一生懸命{a 拭きつづけた、b 拭きつづいた}。
5 台風の後、いつまでも高波が{a 押し寄せつづけた、b 押し寄せつづいた}。
6 今年は、桜の花が二週間も{a 咲きつづけた、b 咲きつづいた}。
7 彼は彼女の美しさに{a 見とれつづけた、b 見とれつづいた}。

二 各文の太字で示した動詞の中で、例のように、-ツヅクまたは-ツヅケルを付けることができるものを選びなさい。

例 朝顔のつるが一日十センチも**伸びている**。→ 伸びつづけている

1 彼は本を半日**読んでいる**。
2 窓ガラスが野球のボールで**割れた**。
3 門の前の桜の小枝が雪で**折れている**。
4 富士山が西側の窓からよく**見える**。
5 彼は約束の時刻にいつも**遅れる**。
6 ロウソクの火が風で**消えた**。
7 テレビを長く**見ている**と目を悪くしますよ。
8 子供達の声がグランドから**聞こえる**。
9 あの子は三時間もピアノを**弾いている**。

3 -オワル・-オエル・-ヤム

一定の時間続いて行われた事象が完了することを表す。このうち－オワル、－オエルは(1)のように主体の意図を伴う動詞、特に他動詞につくことが多い。

(1)　子供達はケーキを食べおわった／おえた。
　　やっとレポートを書きおわった／おえた。

しかし、無生物が主語になったり、自動詞につく場合ももちろんある。

(2)　サイレンがなりおわった。
　　全員が走りおわりました。

また、自他にかかわらず、瞬間動詞にはつかない。

(3)　＊金魚が死におわった／おえた。
　　＊ヒューズがパチンと切れおわった／おえた。
　　＊鉛筆の芯がポキッと折れおわった／おえた。

ただし、一つ一つは瞬間的な動作ではあってもそれが繰り返し行われるものである場合には、つきうる。

(4)　学校中の電気を消しおわった／おえた。
　　虫に喰われたミカンを全部切り落としおわった／おえた。

また(5)のように意志を明示的に表す表現にはつきにくく、また(6)のような命令形にもなりにくい。

(5)　早くケーキを｛?食べおわろう。／?食べおえよう。（「食べてしまおう」が自然）｝

(6)　早く絵日記を｛*書きおわりなさい。／?書きおえなさい。（「書いてしまいなさい」が自然）｝

また、オワルと比べるとオエルの方が、一定の目標の達成という意味合いが強い。

(7)　当初の計画をどうにか期限内にやりおえた。
彼は週末までにその本を読みおえるだろう。

一方、-ヤムは、雨、風などの自然現象や、意図的ではない動作に使われる。

(8)　雨が降りやんだ。
赤ん坊がやっと泣きやんだ。

練習問題〔五〕の3

［　］内に -オワル、-オエル、-ヤムのうち、適当な表現を入れなさい。二つ以上のものが使える場合もある。

1　彼は二年がかりで、やっと論文を書き［　　　］。
2　激しかった風が、嘘のように、吹き［　　　］。
3　お昼のサイレンが鳴り［　　　］。

4　夏休みの間に、研究室の図書カードを全部調べ［　　　］。
5　盆踊りのやぐらを組み立て［　　　］。
6　コオロギの鳴き声がいつのまにか鳴き［　　　］。
7　全員やっとのことで、頂上まで登り［　　　］。
8　今年中に卒業単位をとり［　　　］のも夢ではない。
9　このクラスには、入門コースをとり［　　　］から来て下さい。
10　六時間かけて、山手線を一周歩き［　　　］。

4　-オワル・-オエル・-テシマウの比較

一定の期間続いた動作・出来事が終了したことを表すアスペクト形式には、-オワル、-オエル、-ヤムの他に本章〔四〕の4でとりあげた -テシマウがある。ここで、ヤム以外の三つについてその用法を比べてみよう。

(1)　辞表を ｛ a 書きおわった／b 書きおえた／c 書いてしまった ｝

abはcに比べると、より客観的に事物の終了を述べる表現であり、心理的な色彩がより少ない。それに伴って、後悔の念などが生じることは通常ない。このことは、cが「うかつにも」「早まって」「軽率にも」といった否定的意味合いをもつ副詞表現になじむが、abはそうではないことからも見てとれる。

(2) 軽率にも、辞表を
- ＊書きおわった
- ＊書きおえた
- 書いてしまった

前節で、オワル、オエルは意志表現にはつきにくく、命令形にもなりにくいことをみたが、テシマウにはそのような制限はない。

(3) さあ頑張って、芝を
- ＊刈りおわろう
- ？刈りおえよう
- 刈ってしまおう

(4) 早くピアノの練習を
- ＊しおわりなさい
- ＊しおえなさい
- してしまいなさい

また -テシマウは瞬間動詞にもつく。

(5) 釣り糸が
- ＊切れおわった
- ＊切れおえた
- 切れてしまった

練習問題〔五〕の4

次の文の［　］に、（　）の動詞を -テシマウ、-オワル、-オエルのついた形に直して入れなさい。ただし、二つ以上の形が可能な場合もある。

1 夏休みが終わる前に、レポートを［　］（書く）なさい。
2 きのう買った花がもう［　］（枯れる）。
3 せっかくの桜の花が、昨夜の嵐で［　］（散る）。
4 パーティーが始まる前に、すべての準備を首尾良く［　］（やる）。
5 今回の衝突事故は、史上最悪の事故に［　］（なる）。
6 勘違いして、みんなに［　］（連絡する）ところです。
7 電気がショートして、ヒューズが［　］（切れる）。
8 彼には、あれほど秘密だと言っておいたのに、もうみんなに［　］（しゃべる）。
9 朝のうちに、頂上まで［　］（登る）。
10 早く、ゴミを［　］（出す）なさい。

総合練習問題

一 次の中から適切な語句を選びなさい。両方使える場合もある。（タ形とテイル形の用法の違いを参照）

1 さっきまで小雨が降っていたが、いまは｛a やんだ、b やんでいる｝。
2 ぼくがちょうど通りかかった時に、門が｛a 閉まった、b 閉まっている｝。

3　今日は休日なので、一日中郵便局は｛a 閉まった、b 閉まっている｝。
4　あっという間に、五重の塔は焼け｛a 落ちた、b 落ちている｝。
5　我々が会場に着いた時に、ちょうど講演が｛a 始まった、b 始まっている｝。
6　残念ながら、もう講演会は｛a 始まりました、b 始まっています｝。
7　私は、基本的な文献はほとんど全部｛a 読みました、b 読んでいます｝。
8　電話が｛a 鳴りました、b 鳴っています｝。早くでてください。
9　もうベルが｛a 鳴りました、b 鳴っています｝。終わりにしましょう。
10　信号が青に｛a 変わりました、b 変わっています｝。早く、渡りましょう。

二　次の各会話において｛　｝のどちらか適切な方を選びなさい。

1　A　これ何という意味か分かりますか。
　B　さあ。辞書を｛a 引きました、b 引いていました｝か。
　A　ええ『広辞苑』を引いて｛a みます、b みました｝が、｛a 出ませんでした、b 出ていませんでした｝。
　B　そうですか。これは新しい言葉だからまだ辞書には｛a 載っていない、b 載らなかった｝んでしょうね。
2　A　昨日、田中さんと会ったそうですね。論文の方の進み具合、どうでしたか。
　B　まだ｛a 終わりませんでした、b 終わっていませんでした｝よ。でも、あと一週間で出せそうだと｛a 言いました、b 言っていました｝。
3　A　この部屋、寒いですね、スイッチがオンに｛a なりました、b なっています｝か。

B　ええ、私が三十分前にスイッチを｛a 入れました、b 入れていました｝けど、なかなか｛a 暖まらない、b 暖まっていない｝ですね。この次は早めにスイッチを入れておきます。

4

A　上田さんはもう出かけましたか。

B　いえ、まだ｛a 出かけませんでした、b 出かけていません｝。今向こうで部長と打ち合わせを｛a します、b しています｝。

A　あれ、まだ打ち合わせ｛a 済んでいない、b 済まなかった｝んですか。そろそろ時間なんですけどね。

5

A　さっき会議室の前を｛a 通っていた、b 通った｝んですけど、部屋の電気が｛a つきました、b ついていました｝よ。

B　ええ、会議がまだ｛a 終わらなかった、b 終わっていない｝んです。

A　ずいぶん長い会議ですね。何時に｛a 始まった、b 始まっていた｝んですか。

B　三時です。

A　じゃ、もうかれこれ三時間ですね。一体どんなことを｛a 話し合った、b 話し合っている｝んでしょうね。

6

A　伊藤さんは？

B　伊藤さんは応接室でお客様と｛a 話します、b 話しています｝けど。

A　あれ、ちょっと前に応接室をのぞいてみましたけど、誰も｛a 使いませんでした、b 使っていませんでした｝よ。

B　ああ、そうですか。じゃ、外に｛a 出た、b 出ていた｝んでしょうね。

7　A　けっこう大きな地震でしたね。
　B　えっ、地震があったんですか。私、全然｛a 気が付きません、b 気が付きませんでした｝。何時頃でしたか。
　A　今から三十分前ごろでしたけど。
　B　ああ、ちょうどその時電車に｛a 乗りました、b 乗っていました｝。
　A　その電車｛a 止まりませんでした、b 止まっていませんでした｝か。
　B　いいえ。

三　次の文の［　　］に、はじめの〈　　〉にあげた表現の中から適当なものを選び、かつ適切な形に直して、入れなさい。

1　〈ハジメル・ダス・カケル〉
夕立が降り［　　　］時、私はちょうど夕食の支度をし［　　　］ところでした。そこで、子供に洗濯ものを急いで入れるように言ったのですが、子供は子供でトイレに行き［　　　］ところでした。彼は、きのうからお腹をこわしていたのです。そんなこんなで、せっかく乾き［　　　］洗濯ものもすっかり雨に濡れてしまいました。

2　〈テアル・テイル・ラレテイル〉
夏休みの最後の日に、家族四人で多摩動物園に行き、ライオンバスに乗りました。ライオンが放し飼いに［　　　］公園にバスで入って行きます。ライオンたちは夏の暑さのためか皆ぐったりして寝そべっ［　　　］。バスが近づくと一頭の大きなオスライオンがバスの窓のところまで顔を近づけてきて、バスに乗っ［　　　］子供たちは大騒ぎでした。バスの窓のところに干し肉が付け「　　　　」のです。放し飼いとはいえ、ライオンたちはすっかり飼い慣ら「　　　　」ようでした。

3　〈オワル・オエル・テシマウ〉

来週から新学期になるというのに、うちの子はまだ宿題の絵日記を書き「　　　　」いません。早く書い「　　　　」なさいと何度もいっているのに全然言うことをききません。どうしたら早く宿題をやり「　　　　」させることができるでしょうか。

4　〈ツヅケル・ツヅク・テイル〉

あの子はさっきから積木で遊び「　　　　」「　　　　」。そして遊びながら独り言を言っ「　　　　」。いったん積木がはじまると一時間ぐらいは静かです。特に、今日のように朝から雨が降り「　　　　」「　　　　」日には一人で遊ん「　　　　」くれると助かります。

5　〈テシマウ・テクル・テイク〉

このごろようやくパソコンの使い方が分かっ「　　　　」。まるで有能な秘書が一人ついたかのように能率的です。キーボードに向かうと時間があっという間に過ぎ「　　　　」。時々他の用事が気になっ「　　　　」こともありますが、大抵は疲れ「　　　　」まで続け「　　　　」。そんな後、ジョギングをすると体の隅々まで血が通っ「　　　　」のが分かります。

第三章　複文におけるテンスとアスペクト

テンス表現としてのタ形とル形の使い分けに関与する要因の一つは、それらが主節に現れるか従属節に現れるかということである。従属節に現れる場合には、(A)主節のテンスにかかわらずタ形もル形もとれる場合と、(B)主節のテンスによりどちらか一方しかとれない場合とがある（第一章〔三〕参照）。

本章では、「彼が来る／来たと思う」などの「と」に先行する引用節、「彼は英語が得意なので／得意だったので、採用された」などの接続助詞が付く接続節、「太郎が書いた本を読んだ」などの連体修飾節、の三つの従属節に焦点をあて、その中でテンスとアスペクトがどのように振舞うかをやや詳しく見ていきたい。なお、連体修飾節の中で、被修飾名詞が「時」「ため(に)」などのように形式化し、もっぱら主節との意味関係を表すようになるケースは、その担う機能からみて、副詞節として最後に扱うことにする。

〔一〕　引用節＋ト言ウ／ト思ウなど

(1)　a　ケンはニューヨークへ行くと言っている。
　　b　ケンはニューヨークへ行ったと言っている。
　　c　ケンはニューヨークへ行くと言った。

d　ケンはニューヨークへ行ったと言った。

(1) a—dの意味の違いは明らかであろう。aでは「言っている」の時点——即ち現在——において「行く」という行為が未来に属し、従って未然である。bは同じ現在の時点からみて「行く」という行為がそれ以前——即ち、過去——において行われたことを示す。cでは「言った」の時点——即ち、過去——からみて「行く」という行為が未来に属し、未然であることを示す。従って「ケンはニューヨークへ行くと言ったが、病気になり行けなかった」のような表現が可能である。dは同じ過去の時点からみて「行く」という行為がそれよりさらに以前に行われたことを示す。要するに、-ト言ウに先行する引用節の中でのル形とタ形の使い分けは、主節のテンス（「言う」または「言った」）が表す時点を基に考えればよいことになる。テンス・アスペクトに関するかぎり、引用節特有の条件はない、といってよい。

同様のことは、-ト言ウだけでなく、-トに先行する引用節をとる思ウ、考エル、信ジル、期待スル、などのいわゆる思考動詞一般にあてはまる。また、-トイウ話／噂／コト／記事／手紙、などの名詞にかかる同格節においても同様である。

(2)　スズメがえさを食べに来ると思う／思った。
　　スズメがえさを食べに来たと思う／思った。

(3)　私は彼が自分の誤りに気づくと信じている／信じていた。
　　私は彼が自分の誤りに気づいたと信じている／信じていた。

(4)　彼女が中国へ行くという話だ／話だった。
　　彼女が中国へ行ったという話だ／話だった。

練習問題〔一〕

（　）の述語を適当な形に直して、［　　］に入れなさい。

1　A　毎日暑い日が続きますね。
　　B　ええ、でも今年は秋が早く［　　　　］（やってくる）って新聞に書いてありましたよ。

2　A　夏休みはどこかへ行きましたか。
　　B　北海道へ［　　　　］（行きたい）と思っていたのですが、結局どこへも行きませんでした。

3　A　あの二人いよいよ［　　　　］（結婚する）という噂なんですけど、本当ですか。
　　B　えっ、私は二人の関係はもうダメに［　　　　］（なる）と聞きましたけど。今の二人を見ていると、どこかよそよそしくて、とっくに［　　　　］（別れる）と思いますよ、僕は。

4　妻　リーさんを呼ぶんだったら、スキヤキなんかどうかしら。
　　夫　リーさん、今ダイエットを［　　　　］（する）と言っていたから、低カロリーであっさりしたものの方がいいんじゃないかな。
　　妻　じゃ、お刺身。お刺身は食べるでしょう。
　　夫　うん、［　　　　］（食べる）と思うよ。
　　妻　じゃ、料理はこれで決まったと。飲物はどうしましょうか。

夫　あまり飲む方じゃないから、ビールが二、三本あれば［　　］（十分だ）と思うよ。

5

A　最近スミスさん、見かけませんけど、どうしたんでしょうね。

B　二、三週間前にスミスさんから手紙がありましてね。今月の八日に［　　］（帰国する）と書いてありましたよ。

A　そうすると、今日は十日だから、今頃はアメリカに帰っているでしょうね。

B　来週あたり、無事に［　　］（帰る）という手紙がくるかもしれません。

〔二〕　接続節＋ガ、シ、ノニ、ノデ、など

接続節――ガ、シ、カラ、ケレドモ、ノニ、ノデ、などの接続助詞に先行する節――におけるテンスとアスペクトの使い分けには、少なくとも次の三つの要因が関与する。

a　主節と従属節の表す内容が、相互にどの程度依存し合っているか
b　接続助詞の意味
c　従属節の述語が〈動的述語〉か〈状態述語〉か

このうち最も重要なのはcの述語の種類である。他の二つの要素は、主節と従属節の内容が時間的にどのような関係にあるかといったことが問題になってくる場合に関わってくる。はじめに、従属節の述語が〈動的述語〉である場合をみよう。

(1)　彼女は入学試験を受けたが、合格出来なかった。
洋服の生地も決めたし、仮縫いもした。
彼女が余計なことを言ったから、大騒ぎになったのだ。
彼女が反対したけれども、彼は聞き入れなかった。
私があれだけ注意したのに、君達はまだ分からないのか。
彼女が急に帰国したので、みんな驚いた。

動的述語の場合には、従属節の事柄が主節の事柄が起こった時点で完了している（即ち既然）ならば夕形、完了していない（即ち未然）ならばル形になる。例えば、(1)の最初の文をみると、従属節での「受験」は主節の「不合格」に先立って行われ、その時点で既然である。従って、夕形が選ばれる。他の例も同様である。繰り返し述べたように〈動的述語〉の夕形は、テンス表現として過去を表すだけでなく、アスペクト表現として事柄の完了（即ち、既然）を表す。従って、〈動的述語〉の場合には、主文のテンスよりもむしろ述べられている事柄の事実関係――つまりアスペクトの側面――により、夕形とル形の選択が行われているといってよい。
このタ形とル形の使い分けは、次のような文にもはっきりと認められる。

(2)　本当のことを言うと、先生におこられるから／おこられたから、出席したんです。
彼女は風邪をひくから／ひいたから、プールに来なかった。

いずれも従属節は主節に対する理由を表すが、ル形の場合は主節の「出席した」「来なかった」という事態が生じた時点では「おこられる」「風邪をひく」という事柄が生じていないこと、即ちその事柄が未然であることを示し、タ形の場合には既にその事柄が生じていること、即ち既然であることを表す。従って、ル形の場合には、「ーするといけないから」、「ーしないように」という意味での理由を表し、タ形の場合には「ーという事態になってしまったから」という意味になる。

一方、従属節の述語が〈状態述語〉の場合はどうであろうか。

(3) 彼は英語が得意だが／得意だったが、フランス語は苦手だった。
　彼はやせてはいるが／いたが、めったに病気はしなかった。

(4) 約束の場所で一時間待っていたが（＊いるが）、彼女は来なかった。
　その男は酔って道に寝ていた（＊いる）ので、車にひかれそうになった。

状態動詞のタ形は、テンス表現として機能し、過去を表す。この場合には、先にあげたaの要因——主文に対して従属節がどの程度依存するか——によって、タ形かル形かが選ばれる。(3)の例文はいずれも従属節と主節とが同時に成り立つケースであり、両者の依存関係は小さく、従ってタ形もル形も使うことができる。(4)では従属節の事柄の方が時間的に先に起こっていることがはっきりしており、従ってタ形しか使えない。

練習問題〔二〕

次の各文において、a、bのどちらか適切な方を選びなさい。ただし、両方使える場合もある。

1　彼女は三月に入学試験を{a 受ける、b 受けた}が、合格できなかったようだ。

2　A　隣の子はとっても親孝行でいい子ですね。

B とても｛a 素直だ、b 素直だった｝し、親の手伝いもよく｛a する、b した｝し、本当にいい子ですね。

3 A 惜しい人にやめられてしまいましたね。

B 鈴木さんのことですか。あの人は｛a 有能だ、b 有能だった｝し、リーダーシップも｛a ある、b あった｝ので、期待していたのですが。

4 雨が｛a 降っている、b 降っていた｝のに、傘もささずに出かけてしまいました。

5 成績が｛a 悪い、b 悪かった｝ので、希望する高校を受験させてもらえませんでした。

6 A 彼、君のことを覚えていましたか。

B いいえ、前に何度か｛a 会う、b 会った｝のに、全然覚えていませんでした。

7 A すぐ出かけられますか。

B ええ、電気も｛a 消す、b 消した｝し、鍵も｛a かける、b かけた｝し、いつでも出られますよ。

8 ここでかれこれ一時間も｛a 待っています、b 待っていました｝が、彼女はいっこうに姿を現しません。

9 A この部屋、少し暑くありませんか。

B ええ。でも、さっき冷房のスイッチを｛a 入れる、b 入れた｝ので、まもなく冷えてきますよ。

10 頭が｛a 痛い、b 痛かった｝ので、一日中うちにいました。

〔三〕　連体修飾節（関係節）

連体修飾節（連体節ともいう。典型的にはいわゆる関係節）におけるタ形とル形の使い分けは、次の二つの要因によるところが大きい。

a　連体修飾節の述語が〈動的述語〉か〈状態述語〉か

b　連体修飾節と被修飾名詞との間の意味関係

1　動的述語――アスペクトの対立

連体修飾節の述語が動的述語である場合には、そのル形・タ形は、通常アスペクトの未然・既然の対立を表す。まず、ル形とタ形の両方が可能な場合をみると、

(1)　私は、花子が見合いをする／した相手に電話をした。
　　彼が書く／書いた論文のテーマを明日きくつもりです。

この場合にはル形とタ形でははっきりした意味の違いが認められる。ル形は、例えば「見合いをする」という出来事が、主節のテンス過去の時点で未だ生じていないことを表し、タ形の場合には既に完了していることを表す。もう一つの「書く」「書いた」についても同様である。

連体節で表される事象と主節の事象との意味関係によって、前者が未然ないしは既然でなければならない場合には、当然ル形かタ形のどちらか一方しか使えない。

(2)　太郎が書いた（＊書く）手紙を投函した。
　　彼女が作った（＊作る）料理をみんなで食べた。

(3)　太郎は花子に出す（＊出した）手紙をまだ書いていない。
　　彼女は今晩作る（＊作った）料理をまだ決めていない。

(2)においては「手紙を投函した」または「料理を食べた」時点において「書く」または「作る」という動作は完了していなければならない。従って、連体節はタ形でなければならない。逆に(3)においては主節の動作「書く」「決める」が行われていない以上、その完了を前提とする連体節の動作「出す」「作る」も行われていない——即ち、未然である——ことが明らかである。従って、この場合の連体節はル形しか使えないことになる。

練習問題〔三〕の1

各文において、a、bのどちらか適切な方を選びなさい。

1　｛a 読む、b 読んだ｝新聞は必ず元の場所に戻して下さい。

2　お手数ですが、｛a 使う、b 使った｝食器類はこちらにお戻し下さい。

3　太郎が今まで見合いを｛a する、b した｝相手は九人。今度見合いを｛a する、b した｝相手は十人目になる。

4　今年のゴールデンウィークに海外に｛a 出かける、b 出かけた｝人の数が三十万人にのぼるであろうという予想が新聞に出ていた。

5　今日の宿題を｛a 忘れる、b 忘れた｝人は手をあげて下さい。

6　｛a 書き終わる、b 書き終わった｝人は帰ってもいいですよ。

7　ここに今晩のパーティーに｛a 出席する、b 出席した｝人のリストがあります。受付の時｛a 来る、b 来た｝人の名前に○をつけて下さい。

2　状態述語——テンスの対立

状態述語の場合には、ル形とタ形はテンス上の対立を示す。まず、主節の述語がル形をとり現在または未来を表す場合には、連体修飾節は現在か未来を表すならばル形（以下の(1)）、過去を表すならばタ形（以下の(2)）をとる。

(1)　今、風邪をひいている人がクラスの半数以上いる。
アイスクリームを買いたい人が沢山並んでいる。
彼女はとてもぎこちない英語を話す。

(2)　この冬、ずっと風邪ぎみだった人は、何人ぐらいいますか。
あれ程丈夫だった父が、今入院している。

次に、主節の状態述語がタ形をとり過去を表す場合には、連体修飾節の述語はル形をとることもタ形をとることもある。この場合の両者の使い分けには様々な要因が含まれるが、そのなかで最も主要なものは、寺村（一九八四）で指摘されている次のものであろう。

連体修飾節が被修飾名詞の性質を

a　他のものと比較することにより特徴づけるか、または

b　同じ被修飾名詞の、過去の時点における状態と比較することにより特徴づけるか

aの場合は、連体節はいわば形容詞と同じ様に働き、主節が過去を表していても、ル形をとる。一方、bの場合は、過去の時点への言及に示されるように連体節の述語は述語性が強く、主節の過去と同時ならば、それ自身も過去形をとる。両者の典型例としてそれぞれ(3)、(4)をあげる。

(3)　性能のよい（＊よかった）パソコンが先月発売された。
　　彼は、一年生にしては体の大きい（＊大きかった）子だ。

(4)　体の弱かった（＊弱い）太郎が、見違える程丈夫になった。
　　引っ込みじあんだった（＊引っ込みじあんの）花子が、りっぱなリーダーになった。

連体節の述語がル形もタ形もとりうる場合には、右に述べた区別にそった意味の違いが認められるのが普通である。例えば、

(5)　あんなにぎこちない／ぎこちなかった英語が上達して、見違えた。
　　はずかしがりやの／はずかしがりやだった子供達が、すっかり活発になった。

この場合には、ル形「ぎこちない」「はずかしがりやの」は、「他の人と比べると」という意味が強く、タ形「ぎこちなかった」「はずかしがりやだった」の場合には「同じあの子が昔に比べると」という意味に解されるのが普通である。

練習問題〔三〕の2

各文のa、bどちらかの適切な方を選びなさい。ただし、両方使える場合もある。

1　第三セットにはいって、ベッカーの｛a 効果的な、b 効果的だった｝サーブが決まるようになった。

2　一時｛a 不安定な、b 不安定だった｝気持ちが最近だいぶ落ち着いてきた。

3　一学期｛a ひどい、b ひどかった｝英語の成績が、今学期急に伸びてきた。

4　人通りの｛a 少ない、b 少なかった｝この通りにも、最近新しい店が二、三軒できた。

5　｛a はずかしがりやの、b はずかしがりやだった｝息子がクラスで堂々と発言するようになった。親としてはうれしいことだ。

6　二、三週間｛a 平静な、b 平静だった｝外国為替市場が、ここにきて急にドル高に向かっている。

7　貿易収支改善のために｛a ねばり強い、b ねばり強かった｝努力を続けてきたが、今後の状況はさらに厳しい。

8　十年前は本当に草深い｛a 田舎の、b 田舎だった｝このあたりにも、都市化の波が押し寄せてきている。

3　特殊な動詞

テンス・アスペクトとは直接関係なしに、連体修飾節の述語の種類によってル形かタ形かが決まる場合がある。まず、テイル形しかとらない動詞（金田一（一九五〇）の第四種）は、連体修飾節内ではタ形になることが多い。少なくとも両形にテンス・アスペクトの差はない。

(1)　この論文は大変すぐれている。
　　大変すぐれた（?すぐれている）論文

(2)　彼の態度は堂々としている。
　　彼の堂々とした（*堂々としている）態度

(3)　そんな話は近ごろありふれているよ。
　　ありふれた（?ありふれている）話

また純粋に物と物との関係を表す動詞の場合には連体節でル形をとることが多い。

(4)　その崖は海を見おろしている。
　　彼の家は、海を見おろす（*見おろしている、*見おろした）崖の上にある。

(5)　彼の囲碁の実力は、プロに匹敵する。
　　プロに匹敵する（?匹敵している、匹敵した）実力

(6)　何本かのハイウェーが山中をめぐっている。
　　山をめぐる（?めぐっている、*めぐった）ハイウェーがある。

(5)の「匹敵した」は「匹敵するに至った」という意味合いが強い。

4　被修飾名詞の性質

連体修飾節を受ける名詞（被修飾名詞）の意味的・文法的性質によって、連体修飾節の述語がル形をとるかタ形をとるかが決まる場合がある。

まず、被修飾名詞の意味内容からみたとき、次のような名詞にかかる連体節の述語は通常ル形をとる。

(1)　夕立が窓をたたく**音**がする。
彼女の一生懸命働く**姿**が印象的だった。
子供がはしゃぎまわる**声**が聞こえる。
化学薬品から出る**臭**いが鼻についた。

これらの名詞はいずれも五感の対象となるものを指し、それらに先行する連体節はその知覚の内容を表している。

さらに、次のような名詞を修飾する場合にも連体節の述語は常にル形をとる。

(2)　久しぶりに彼と週末に会う**約束**をした。
彼は軽飛行機を操縦する**資格**を持っている。
僕達は二人で札幌まで彼の飛行機で飛ぶ**計画**を立てた。
この夏休みには、その計画を実行する**予定**だ。
彼の飛行機は水平飛行に移ると自動操縦になる**仕組み**になっている。

一方、連体節の述語が必ずタ形をとるのは、次のような被修飾名詞にかかる場合である。

(3)　君にそんな約束をした**覚え**はない。
　　日本語を教えた**経験**がある人はいますか。
　　彼には嘘の証言をした**疑い**がかけられた。

(4)　内田君は土手から飛び降りた**はずみ**で、骨折してしまった。
　　大阪に行った**帰り**に名古屋に寄った。
　　この谷は、氷河で削られた**跡**です。
　　料理をした**残り**を庭にくる小鳥にやっている。

これらは被修飾名詞が(3)のように連体節の表す内容を既然のこととして捉える場合か、(4)のように連体節の表す行為の結果としての事態を表す場合である。ただし、(1)で示した名詞が(3)―(4)のように働く場合もある。

(5)　魚を焼く／焼いた**臭い**がする。
　　ドアが閉まる／閉まった**音**がする。

次に、被修飾名詞の文法的性質によって連体節の述語の形が決まる場合をみる。ここで特に問題になるのは、被修飾名詞が、その本来の意味を失って抽象化され、独立した名詞としての性質を失っている場合――名詞がいわば文法的形式素としての性質を帯びてくる場合――である。

被修飾名詞の形式化には、二つの方向が認められる（寺村（一九八四）参照）。一つは、(A)被修飾名詞が接続助詞に近い性質を帯び、連体節と主節との意味上の関係を表すようになる場合であ

る。例えば、

(6)　冬が来る**前に**、薪の準備をしておいた。
　　四月になった**とたんに**、暖かくなった。

もう一つは、(B)被修飾名詞に「だ」がつき、話し手の心的態度を表すムード表現に近い性質を帯びてくる場合である。例えば、

(7)　来年アメリカに行く**つもり**です。
　　我々はよく海岸へ散歩した**もの**です。

(A)のケースは、従属節が担う機能からみて副詞節とみなし、次節で扱う。ここでは(7)に例示される(B)のケースをみておく。

まず、(8)のように連体節がル形でもタ形でも、被修飾名詞自体の意味は変わらない場合がある。

(8)　彼は来る／来た**はず**だ。
　　僕が全部やる／やった**こと**にしよう。
　　だからおことわりする／した**わけ**です。

ここでは、連体節の表す事態がル形では未然、タ形では既然であるという違いはあるが、「はず」「こと」「わけ」自体の意味は変化していない。

一方、連体節がル形をとるかタ形をとるかで被修飾名詞自体の意味がはっきりと異なる場合もある。

(9) 来年アメリカへ行く**つもり**です。（意志）
アメリカへ行った**つもり**で、英語で話してください。（仮想）
(10) 彼はよく約束の時間に遅れる**こと**がある。（性向）
このワインは飲んだ**こと**がある。（経験）
(11) 親に向かってそんな口をきく**もの**ではありません。（当為）
中学の頃、あの子はとても反抗的だった**もの**です。（過去の事態）

「つもり」は(9)のように、それにかかる連体節の述語がル形ならば未だ実現していないことを行おうという気持ちを表し、タ形の場合は、起こらなかった事態を実際に起こったかのように仮定することを表す。「こと」は(10)のように、連体節がル形ならば性向ないしは習慣的に繰り返し起こりうる事態を、タ形ならば過去の経験を表す。また「もの」は(11)のように、連体節がル形ならば当然そうあるべき事態を、タ形ならば過去の事態を表す。（詳しくは第四章〔三〕参照）

練習問題〔三〕の4

｛　｝のどちらか適切な方を選びなさい。両方使える場合もある。

1 ここが戦国時代のお城が｛a ある、b あった｝跡です。
2 クレーンを｛a 運転する、b 運転した｝資格があれば優先的に採用されます。
3 鳥の｛a さえずる、b さえずった｝声がうるさくて、目が覚めてしまった。
4 約束の時間に遅れた人が、コーヒー代を｛a 払う、b 払った｝約束になっている。
5 A 今ドアが｛a 閉まる、b 閉まった｝音がしなかった？

B　いえ、何も。きっと気のせいだよ。

6　夏休みに温泉に行って{a　のんびりする、b　のんびりした}予定でしたが、仕事が片づかなくて、温泉どころではなくなってしまいました。

7　A　いいにおいがするわね。これはきっとウナギを{a　焼く、b　焼いた}においだね。
B　実にいい鼻をしている。向こうにうなぎ屋があって、そこからにおってくるんだよ。

8　あの人は会社のお金を{盗む、b　盗んだ}疑いで、警察に逮捕されたという話です。

9　A　あのう{a　教える、b　教えた}経験はないんですけど。
B　それは構いません。{a　教える、b　教えた}資格さえあればいいんです。

10　この辺に地下鉄を{a　走らせる、b　走らせた}計画をめぐって、住民の間で対立があるそうだ。

11　A　私の代わりに会合に出てくれるそうで、どうも。
B　えっ。そんなことを{a　言う、b　言った}覚えは全然ないですよ。

〔四〕副詞節

副詞節をなす従属節が(A)ル形をとる場合、(B)タ形をとる場合、および(C)両方をとりうる場合、の三つのケースを順に見ていく。はじめに、従属節が必ずル形になるケースには次のようなものがある。

(1)　冬が来る**前に**、薪の準備をしておいた。
食事をする**前に**、手を洗いましょう。

(2) 家を出る**前に**、戸締りを確かめた。
原稿が出揃う**まで**、次の作業にかかれません。
先生がいらっしゃる**までに**、掃除をしておきましょう。

(3) 考えている**うちに**、わけが分からなくなった。
明るい**うちに**、山小屋について、ほっとした。

(4) 公園に行く**途中に**、ポストがあります。
ここに来る**途中で**、本屋に寄った。

(5) この本を読む**たびに**、あの夏の日を思い出す。
図書館に入る**たびに**、カードを提示しなければならなかった。

(6) 彼は、部屋に入って来る**や否や**、大声でわめきちらした。
彼は、眼が覚める**や否や**、ベットから飛び出した。

これらは主に時間的関係を表す語にかかる副詞節であるが、この他にも次のようなものがある。

(7) 彼に相談する**より**、自分で考えた方がましだった。
ここで待つ**より**、先に行った方がよかったのに。

(8) 途中で諦める**なら**、初めからやらない方がよい。
彼が来る**なら**、僕は行きません。

(9) 申しこみをする**にあたっては**、十分に先のことを考えて下さい。
この決断をする**にあたって**、皆の意見をききました。

次に、(B)従属節がタ形になるものをみる。

(10) その問題は、結果が出た**後**で、ゆっくり考えましょう。
食事をした**後**で、歯を磨きましょう。
電車を降りた**後**で、忘れものに気がついた。

(11) 彼は、渡米した**きり**、二年間音沙汰がなかった。
彼は、日曜日の朝釣りに出た**きり**、二十年も家に帰っていない。

(12) 四月になった**とたんに**、暖かくなった。
ランプがついた**とたんに**、ヒューズが切れてしまった。

これらはいずれも従属節と主節が表す事柄の前後関係から、従属節が既然でなければならない場合である。

第三のケース(C)——従属節がル形もタ形もとれるもの——のうちで、どちらを用いても従属節自体の機能が変わらないものをみる。

(13) 出かけようとしている／していた**時**に、電話のベルがなった。
ちょうど食事をしている／していた**時**に、地震があった。

(14) 彼が言う／言っていた**ほど**、成果はなかった。
この本は、宣伝文句にある／あった**ほど**、面白くない。

(15) 彼が図書館から出てくる／出てきた**ところ**をつかまえた。

(16) 会議をしている／していた**最中**に、非常ベルがなった。

(17) 新幹線に乗っている／乗っていた**間**に、本を二冊読んだ。

これらにおいては、ル形かタ形かでほとんど意味に差が感じられない。しかし、はっきりとした意味の差が現れ、従ってどちらか一方の形しか使えない場合もある。「時」の場合を一例としてみると、

(18) 彼女と食事をする（＊した）**時**、その話をするつもりです。
今度大阪に行く（＊行った）**時**に、この本を持っていってください。

(19) 彼女と食事をした（＊する）**時**、その話をきいた。
今度大阪に行った（＊行く）**時**に、おみやげを買って来てください。

従属節がル形をとる場合には主節の示す時点で、その行為が未だ行われていないこと（未然）を表し、タ形をとる場合にはその行為が完了していること（既然）を表す。従って、(18)ではタ形を使うことができず、(19)ではル形を用いることができない。

一方、従属節がル形もタ形もとれるが、どちらをとるかによって機能がはっきりと異なる場合もある。例えば、

(20) 旅行をする**ために**、お金をためた。（目的）
旅行をした**ために**、お金がなくなった。（原因）

(21) 彼は、良い席を取る**ために**、早く家をでた。（目的）
彼は、寝坊した**ために**、遅刻した。（原因）

(22) 彼らに命令される**まま**、乗客達は機外に出た。（無抵抗）

彼らはオーバーを着たまま、機内に入ってきた。（持続）

(23) みんなに聞こえる**ように**、大きな声で話して下さい。（目的）

昨日伝えた**ように**、彼は来ません。（想起）

(24) 試験に受かる**ように**、一生懸命勉強した。（目的）

みんなが心配していた**ように**、計画は失敗した。（予期）

(22)の「無抵抗」とは「なにかに抵抗出来ない状態で」という意味、「持続」とは主節の行為が行われた時、従属節の状態が続いていることをいう。

条件を表すナラ、トスルトなどに先行する従属節には、原則としてル形もタ形も現れるが、主節との意味関係によりどちらか一方が選ばれることが多い。

(25) 彼が謝る／謝った**なら**、それでいい。

彼が来る（＊来た）**なら**、ぜひ紹介してください。

彼が来た（＊来る）**なら**、紹介してくれればよかったのに。

(26) もし宇宙人が地球に来る／来た**とすると**、大変だ。

もし宇宙人が地球に来る（＊来た）**とすると**、何に乗って来るだろうか。

主節の表す時点に対して、従属節のル形は未然、タ形は既然を表す。両者の選択の主な決定要因は、主節の事象との意味関係である。

練習問題〔四〕

一　各文の｛　｝から適切なものを選びなさい。

1　A　地震が｛a 起こる、b 起こった｝ときは、まず何をしますか？
　　B　グラッと｛a くる、b きた｝ときは、まず火を消す。これを心がけています。

2　A　日本語の新聞を｛a 読む、b 読んだ｝とき、辞書を引きますか？
　　B　ええ、まだ辞書を引かないと読めません。

3　A　じゃ、今度お願いします。
　　B　はい。今度｛a 会う、b 会った｝とき、直接手渡します。

4　A　田中さん。田中さん。田中さん。
　　B　はい。
　　A　｛a 呼ばれる、b 呼ばれた｝ときは、すぐ返事して下さいね。

5　A　取り引き先の人に｛a 会う、b 会った｝ときは、スーツを着ていきますか？
　　B　ええ、そうしています。

6　A　近くへ｛a いらっしゃる、b いらっしゃった｝ときは、是非お寄り下さい。
　　B　では、そうさせていただきます。

7　A　普段は帰りが遅いので、早く｛a 帰る、b 帰った｝ときぐらいは、子供と遊ぶようにしています。
　　B　ぼくもそうしたいと思ってはいるんですが……。

8　A　後片づけを｛a する、b した｝とき、声をかけて下さい。手伝いますから。
　　B　はい、そうします。
9　A　暑いですね。一杯どうですか。
　　B　いいですね。のどが｛a 渇く、b 渇いた｝ときは、ビールが一番ですね。
10　妻　アイロンのスイッチ、ちゃんと切ったかしら。心配になってきたわ。
　　夫　大丈夫だよ。｛a 出る、b 出た｝とき、ちゃんと切ってあるの確かめたから。
11　この路線バスは｛a 乗る、b 乗った｝ときは前のドアを、｛a 降りる、b 降りた｝とき
　　は後ろのドアをご利用下さい。

二　各文の｛　｝からどちらか適切な方を選びなさい。両方とも使える場合もある。

1　A　田中さん、どうでした。元気でしたか。
　　B　ええ、僕が｛a 会う、b 会った｝とき、とても元気そうでしたよ。
2　A　さっきの地震、だいぶ大きかったですね。
　　B　そうらしいですね。
　　A　そうらしいって。
　　B　私、ちょうど道路を｛a 歩いている、b 歩いていた｝ときで、気がつかなかったんで
　　　す。加藤さん、そのときどこに？
　　A　家にいて料理を｛a している、b していた｝ときでした。揺れがひどかったのですぐ
　　　火を消しました。
　　B　へえ、ずいぶん冷静に行動したんですね。

3
〈男性が、連れの女性が運転席でメガネをかけたのを見て〉
男　あれ、｛a 運転する、b 運転した｝とき、メガネをかけるんですか。
女　ええ、近眼なんですよ。
男　でも、先日、この車に｛a 乗せてもらう、b 乗せてもらった｝ときはかけていませんでしたね。
女　あのときはコンタクトレンズでしたから。今日はコンタクトするのを忘れてしまって。私、うっかり屋なんですよ。で、｛a 忘れる、b 忘れた｝ときのことを考えて、メガネをいつもバッグに入れてあるんですよ。
男　（心配そうに）用意がいいですね。
女　運転の方は慎重そのものですから、大丈夫ですよ。

4
A　スミスさんとはどこで。
B　三年前にアメリカに留学を｛a している、b していた｝とき、知り合ったんです。ずいぶん、お世話になっちゃいまして。
A　そうですか。
B　それで、スミスさんが日本に｛a いる、b いた｝ときは、そのお返しとして、時々うちに来て一緒に食事をしてもらうようにしているんです。
A　この間もスミスさんに｛a 会う、b 会った｝とき、鈴木さんには本当に親切にしてもらっているって、喜んでいましたよ。
B　そうですか。そう言ってもらえると、こちらもうれしいですね。

5
A　定年退職なさったそうですね。仕事がなくて退屈じゃありませんか？

B　いえ、そんなことないですよ。｛a 働く、b 働いている｝ときできなかったことがやれるようになって、毎日が楽しいですよ。

A　それはよかったですね。

B　天気が｛a いい、b よかった｝ときは、ブラブラ海まで散歩して、時には釣りをしたり。

A　羨ましいですね。

B　雨が｛a 降っている、b 降っていた｝ときは、家で好きな本を読む。こんな生活は東京に｛a いる、b いた｝ときは夢のような話でしたからね。

三　｛　｝の適切な方を選びなさい。

1　十分｛a 検討する、b 検討した｝結果、今のままの計画では実現に無理があるという結論が出た。

2　大阪に｛a 出張する、b 出張した｝帰りの新幹線で、大学時代の友人に偶然会った。

3　大野さんのお宅に｛a お邪魔する、b お邪魔した｝度にごちそうになるので、何かお返しをするつもりです。

4　うちの子は、三時に学校を｛a 出る、b 出た｝きり、もう八時だというのに電話もかけてこない。

5　A　ずいぶん遅かったのね。

B　いや、｛a 来る、b 来た｝途中事故があって、電車が三十分も｛a 止まる、b 止まった｝んだよ。

6　A　ひどい降りですね。小降りに〔a なる、b なった〕まで待った方がいいですね。
　　B　そうしましょう。
7　A　今日は坂本さんが昼食に〔a 出かけた、b 出かけている〕間に電話が三本もありましたよ。
　　B　いる間はかかってこなくて、いないとかかってくるんですね。
8　A　この二枚の写真を見てね。これがダイエット〔a する、b した〕前の写真。こっちがダイエット〔a する、b した〕後の写真。
　　B　どこに違いがあるの。
　　A　五キロもやせたのよ。努力の跡を見てよ。
　　B　努力〔a する、b した〕跡なんて、どこにもないじゃないか。

総合練習問題

一　次の各文においてル形かタ形かどちらか適切な方を選びなさい。両方使える場合もある。

1　A　彼はとっくに中国から帰って来て〔a いる、b いた〕と思っていましたが、まだ向こうにいるんですね。
　　B　ええ。私も、来月から彼に仕事を〔a 頼める、b 頼めた〕と期待していたんですが……。
　　A　それで、いつ〔a 帰国する、b 帰国した〕予定なんですか。

B　先週の手紙ではあと半年向こうに〔a いたい、b いたかった〕ということです。

2　子供　お父さん、夏休みに動物園に〔a 行く、b 行った〕って約束したじゃない。いつ〔a 行く、b 行った〕の？

父　宿題を〔a 済まして、b 済ました〕から〔a 行く、b 行った〕って言ったろう。

子供　きのうまでに全部〔a 終わる、b 終わった〕予定だったんだけど、工作がうまくいかないんだよ。

父　じゃあ、あしたまでには〔a やってしまう、b やってしまった〕ことだね。

3　A　山に〔a 行く、b 行った〕準備はできたかい？

B　ああ。食糧も〔a 買う、b 買った〕し、装備も〔a 整える、b 整えた〕し、それに体の調子も最高だよ。

A　しかし、今度はヒマラヤに〔a 挑戦する、b 挑戦した〕んだから、準備には万全を期してくれよ。

B　ありがとう。〔a 成功する、b 成功した〕かどうか、カトマンズに〔a 戻る、b 戻った〕後で、電報で知らせるよ。

4　A　今日六時に彼女に〔a 会う、b 会った〕約束したって本当かい？

B　えっ、そんな〔a 約束する、b 約束した〕覚えはないよ。

A　だけど、彼女は君と〔a 約束する、b 約束した〕って言ってたよ。

B　まてよ。そう言えば、きのうみんなと〔a 飲む、b 飲んだ〕とき、彼女と何か〔a 話す、b 話した〕ような気がするなあ。

A　まったく無責任なんだから。今度もふられても知らないよ。

5
A　さっきから誰かがギターを｛a 弾く、b 弾いた｝音が聞こえるけど、誰なの？
B　内田君だよ。彼は来年バンドを｛a 作る、b 作った｝計画だそうだよ。
A　へえ。でも彼はギターを本式に｛a やる、b やった｝経験があるの？
B　あるさ。なにしろ、高校のときにプロと｛a 共演する、b 共演した｝経歴の持ち主なんだから。

6
A　僕が｛a 戻る、b 戻った｝までに、ここ片づけておいてね。
B　うん、仕事が｛a 片づく、b 片づいた｝後でね。
A　いや、仕事が終わらなくても、片づけておいてよ。午後からここで会議を｛a する、b した｝ことになっているんだから。
B　会議なら、ここで｛a する、b した｝より、会議室の方がいいでしょう。
A　あそこにはスクリーンも｛a ない、b なかった｝し、椅子も足りないもの。

7
A　パソコンを｛a 買う、b 買った｝ために貯金してるんだって？
B　うん。論文を｛a 書く、b 書いた｝ためには絶対必要だからね。上田君なんか、パソコンを｛a 使わない、b 使わなかった｝ためにとても時間がかかったってぼやいていたよ。
A　そうかもしれないけど｛a 使いこなす、b 使いこなした｝ようになるためには、時間がかかるよ。
B　でも、僕は君のを｛a 使わせてもらう、b 使わせてもらった｝おかげで、もうすっかり慣れてしまったよ。

8
A　さすがに八月に｛a なる、b なった｝とたんに、暑くなりましたね。

B　ええ。今年の夏は〔a 涼しい、b 涼しかった〕という予報でしたけれどね。
A　君が海水浴に〔a 行く、b 行った〕時は、どうでしたか？
B　ええ、ちょうど梅雨が〔a あがる、b あがった〕ばかりの時で、晴天でした。
A　それは〔a 良い、b 良かった〕ですね。僕達が〔a 行く、b 行った〕時なんか、冷たい雨が降っていてひどかったですよ。今度〔a 行く、b 行った〕時には、〔a 晴れる、b 晴れた〕といいんですが……。

二　各文の〔　〕の適切なものを選びなさい。両方使える場合もある。

A　ドライアイスって意外に危ないんですよ。
B　えっ。何かあったんですか。
A　今朝の新聞、読みませんでしたか。
B　ええ、まだ〔a 読まなかった、b 読んでいない〕んですけど。
A　今朝の新聞に出ていた記事なんですけど、埼玉県のなんとかという団地で、小学生五人がドライアイスをジュースの空きビンに入れて〔a 遊んだ、b 遊んでいた〕んですが、突然、空きビンが破裂して、ビンの破片が五人の手足に突き刺さったそうですよ。
B　そりゃ危ないですね。その五人はどうなりましたか。
A　それで五人は救急車ですぐ病院に〔a 運んだ、b 運ばれた〕んですけど、五日から三週間の怪我を〔a する、b した〕そうです。
B　でも、そのドライアイスはどこに〔a ある、b あった〕ものなんですか。
A　ある会社がその団地に宅配した冷凍食品に使ったもので、宅配〔a する、b した〕後、団地の通路に置きっぱなしに｛a されていた、b してあった｝空き箱に｛a 入った、b 入っていた｝らしいんです。

B　ちゃんと処理しないで、そんなところに入れてしまうなんて無責任ですね。

A　ええ、本当。子供達は縦横十センチぐらい｛a ある、b あった｝ドライアイスを石で小さく砕いて、水の｛a 入る、b 入った｝ビンに入れ、ふたをしてしまったそうなんです。

B　ふたをしてしまったんですか。

A　それを持ち歩いて五分ぐらいして通路に｛a 置く、b 置いた｝瞬間、破裂したと新聞に｛a 書いてありました、b 書いていました｝。

B　その時、子供達は？

A　破裂したとき、五人は数十センチ｛a 離れる、b 離れた｝ところで、ビンを取り囲むように｛a した、b していた｝らしいんです。

B　そんなに近くにいたら怪我をしてしまいますよね。

A　ええ、でも、もう少しビンから離れていたら、それ程、ひどい怪我には｛a ならない、b ならなかった｝かもしれませんね。

B　そうですね。ドライアイスといっても、危ないもんなんですね。

第四章 ムード

〔一〕ムードの形式とその分類

一般に、文の意味内容には大きく分けて、(A)ある事柄を客観的・概念的に叙述する部分と、(B)その叙述内容に対して話し手がどのような心的態度をとるかを表す部分とがある。このうち、話し手の心的態度——判断、意志、推測、推論、相手への伝え方、など——が、ある決まった文法形式によって表されるとき、それをムードまたはモダリティーと呼ぶ。日本語におけるムード形式には少なくとも次のものが含まれる。

a 述語の活用形——ル形とタ形

b ル形・タ形に続く助動詞的表現

c 終助詞（カ、ヨ、ネ、など）、陳述副詞（絶対、きっと、多分、など）など

aのル形およびタ形については、第一章「テンス」で扱った。cは各要素の語彙的意味によって話し手の主観が表現される場合であり、ここでは扱わない。本章では、bの類の助動詞的表現について、その文法的特性・意味・用法の違いをやや詳しく見ていきたい。

ムードの助動詞（およびそれに準じる表現）は、様々な観点から分類、整理することができるが、ここではその意味内容からみて、大きく二つの類に分けて見ていくことにする（寺村 一九八四）。

一つは、ある事柄の真偽・確からしさについての話し手の判断を、話し手自身の直観、個人的経験、周囲の状況、または他人から伝え聞いたことなどを基にして、主観的な推量として述べる形式である。話し手の確信の度合・推量の根拠の客観性は様々であるが、いずれも主観的、独断的色彩が強い。ここには、次のようなものが含まれる。

　ダロウ、ソウダ、ヨウダ、ラシイ、カモシレナイ、チガイナイ、マイ、など

もう一つの類は、聴き手が既に知っている（かもしれない）事柄について、話し手の側から評価、価値づけ、意義づけを表明し、その事柄の背景を相手に説明しようとするものである。話し手の推論の根拠は、明示的に述べられる場合もあるし、そうでない場合もある。ここには、次のようなものが含まれる。

　ハズダ、コトニナル、ワケダ、コトダ、モノダ、ノダ、トコロダ、など

以下では、これら二つの類に含まれる表現を一つずつとりあげ、その意味・用法を見ていく。

〔二〕 主観的推量

1　ダロウ

ダロウは、話し手の主観・態度を表明するムード表現の中でも最も主観性が強い。推量の根拠の客観性は問題にされず、もっぱら自分の今までの経験や知識に基づいて、主観的な断定として述べてしまうという気持ちが強い。ダロウの丁寧形はデショウである。

(1)　こういう行為を無意味というなら、人生のすべては無意味になるだろう。
　　一方の言い分しか聞かないのは片手落ちというべきだろう。
　　これらはどれもきわめて自然な文であるといえるでしょう。

ダロウは、動詞のル形だけではなく、そのタ形、形容詞のル形、タ形につく。ダロウに先行する述語のル形とタ形の違いは、アスペクトの一般則に従う。即ち、ル形の場合は発話の時点で未然であると認識されている事柄への推測、タ形の場合は既然であるとみなされたものへの推測を表す。

(2)　彼は多分、試験に合格する／合格しただろう。
　　彼女は論文を書きあげる／書きあげただろう。

(3)　一月はさぞ寒い／寒かっただろう。
　　このスイカはきっと甘い／甘かっただろう。

次のように、名詞に直接つくダロウは、ダの推量形としてよい。

(4)　今日は雨だろう。
　　これは彼女の万年筆だろう。

ダロウは、否定形、過去形にはならないが、疑問形にはなる。

(5)　*彼は試験に通っただろう(で)ない。
　　*彼女は論文を書きあげただろうだった。
　　彼はもう卒業しただろうか。

今年の冬は寒いだろうか。

ダロウは「誰、なぜ、何」といった疑問詞やそれに伴う「一体」などの副詞と共起しうる（次に見る、ヨウダ、ラシイはこの文脈では使えない）。

(6) 一体全体、このごろの学生は何を考えているんだろう。
彼は、なぜあんなことを言ったんだろう。
どうして、彼は来なかったんだろう。
この単語はどのように発音するのだろう。

ダロウはまた「と思う」の補文内にも現れる（ここでもヨウダ、ラシイは使えない）。

(7) 来週までには原稿ができているだろうと思います。
大阪で彼に会えるだろうと思います。

練習問題〔二〕の1

一　次の各文を用いるのに最も適切な状況・場面をそれぞれa—cの中から選びなさい。

1　彼の選択は適切だろう。

a　彼の選択はおそらく間違っていると思う。
b　彼の選択が間違っているか正しいか全然分からない。
c　良く分からないが、多分彼は正しいと思う。

2　彼女は来春までに卒業論文を書き上げるだろう。
a　今の彼女の様子では、論文は書けないと思う。
b　彼女はすでに論文を書いてしまったそうだ。
c　今の調子でいけば、彼女は三月のはじめには書き終わりそうだ。

3　この秋も台風は少なくとも三つは上陸するだろう。
a　今までの経験から言えば、毎年三つ以上の台風が上陸している。
b　今年は台風が一つも来そうにないと発表されている。
c　今年は天候が不順だから、全然見当がつかない。

4　彼は今日のパーティーには来ないだろう。
a　彼は先月から外国に行き、あと半年は帰ってこない。
b　確信はないが、いつもの様子からすると来ないと思う。
c　彼から欠席の通知がきている。

5　彼は奨学金をもらえないだろう。
a　彼は奨学金の願書を出さなかった。
b　あの奨学金は余程優秀でないともらえないが彼はさほど優秀ではない。
c　彼には奨学金が出ないという通知が来ている。

二　次の｛　｝から適切な方を選びなさい。

1　合格発表は昨日でした。彼は多分｛a 合格する、b 合格した｝だろう。
2　彼女は論文を提出した。きっとすばらしいものを｛a 書く、b 書いた｝だろう。

3　あの選手は実力をつけてきた。多分今年の大会で{a 優勝する、b 優勝した}だろう。

4　台風が過ぎ去った。明日は{a 晴れる、b 晴れた}だろう。

5　ちょうどラッシュアワーだ。さぞ{a 込む、b 込んだ}だろう。

2　ソウダ

ソウダの用法には大きく分けて、(a)ある事柄が起こることを予想したり、その状態を推測したりするものと、(b)他人の推論をそのまま相手に伝えるもの——いわゆる伝聞——とがある。これらの用法は、文法的性質も異なり、推測のソウダは動詞の連用形および形容詞の語幹に、伝聞のソウダは動詞、形容詞、ダのル形またはタ形につく。つまり、

(1)　台風がどうやら来そうだ。　(連用形「来」＋ソウダ——予想)
　　台風が来るそうだ。　(ル形「来る」＋ソウダ——伝聞)

(2)　なんだか風邪をひきそうだ。　(連用形「ひき」＋ソウダ——予感)
　　彼は風邪をひいたそうだ。　(タ形「ひいた」＋ソウダ——伝聞)

(3)　このスイカが一番甘そうだ。　(語幹「あま」＋ソウダ——予想)
　　このスイカが一番甘いそうだ。　(ル形「あまい」＋ソウダ——伝聞)

(4)　この本は読みにくそうだ。　(語幹「読みにく」＋ソウダ——予想)
　　この本は読みにくかったそうだ。　(タ形「読みにくかった」＋ソウダ——伝聞)

(5)　あの子はもう大学生だそうだ。　(ル形「だ」＋ソウダ——伝聞)
　　彼はその頃まだ高校生だったそうだ。　(タ形「だった」＋ソウダ——伝聞)

ル形またはタ形に続く伝聞の用法をはじめに見ると、これは誰か他の人から聞くか、誰かが書いたものを読むかして知ったことをそのまま相手に伝えるものであり、話し手だけの推測ではないことを強調する。

(6) 彼が言うには、彼女は、この夏、また日本に来たそうだ。
彼女からの手紙によると、彼の家族は、みんな元気だったそうです。
フィレンツェは、本当にすばらしいそうだ。

一方、連用形に続く推測・予想のソウダは、話し手の感覚ないしは直感で捉えた事態をそのまま表すという感じが強い。まず、この種のソウダが〈動的述語〉につくときは、ある事柄が起こりそうだという予想、予感を表す。従って、発話の時点では、まだその事柄は生じていない。

(7) この橋は、今にも、押し流されそうだ。
どうやら、裁判ざたにならずに済みそうだ。
そろそろ、来週ぐらいに、発表の順番が回ってきそうだ。
週末は、あいにく、天気が崩れるところもありそうだ。

また推測・予想のソウダが〈状態述語〉の連用形につく場合には、その主体または物の現在における性質、一時的状態についての推測を表す。発話の時点でその状態は既に得られている。

(8) この金魚が一番元気そうですね。
だいぶ、退屈そうですね。

あと一カ月は暑そうだね。
もっと、おもしろそうなことないかなあ。
とても甘そうなお菓子ですね。
いかにも持ちにくそうなカバンだなあ。

これら二種のソウダは、はじめに見たように接続の仕方が異なるだけでなく、推測・予測のソウダは過去形、否定形、疑問形になるが、伝聞のソウダはこれらの形をとることができない、という違いがある。この点、伝聞のソウダの方がよりムード形式としての性質が強いと言える。

(9) 台風が今にも来そうだった。（推測）
　*台風が来るそうだった。（伝聞）
(10) この空模様では明日は晴れそうに(も)ない。（推測）
　*明日は、晴れるそうにない／そうでない。（伝聞）
(11) 今日は寒くなりそうですか。（推測）
　*今日は寒くなるそうですか。（伝聞）

練習問題〔二〕の2

一　以下の文におけるソウダの用法はA、Bどちらの用法に一致するかを考えなさい。

A　今年の桜は例年より早く咲きそうだ。
　彼はとても正直そうだ。

B　今年の桜は例年より早く咲くそうだ。
　彼はとても正直だそうだ。

1　この空模様では雨になりそうだ。（　）
2　彼は先生にすごく怒られたそうだ。（　）
3　この店のラーメンが一番おいしいそうです。（　）
4　君のお弁当は見るからにおいしそうですね。（　）
5　この問題はむずかしそうだ。後回しにしよう。（　）
6　昨夜は弱い地震が三回もあったそうだ。（　）
7　今日は暑くなりそうですね。（　）
8　お盆の間、都心はガラガラだそうです。（　）
9　彼の自転車はパンクしそうだ。（　）
10　このカレーが一番辛そうだ。（　）

二「　」の中に（　）の述語を適当な形に直して、入れなさい。

1　ねえ、見てごらん、あの橋今にも「　　　　」（流される）そうだよ。
2　山田さんによると、彼は今度の音楽会には「　　　　」（来ない）そうです。
3　彼女は昨日交通事故に「　　　　」（あう）そうですよ。
4　今日は午後から「　　　　」（晴れる）そうですか？
5　さっきは今にも雨が「　　　　」（降る）そうだったのに、もう晴れ上がった。

6　もっと、［　　　］（面白い）そうな漫画ありませんか。
7　天気予報で言っていましたが、ことしの夏は［　　　］（短い）そうです。
8　きのう買ったスイカは、見たところとても［　　　］（甘い）そうでしたが、食べてがっかりしました。
9　本当に恐しくて、［　　　］（気を失う）そうになりました。
10　その時、あの我慢強い先生もさすがに［　　　］（怒る）そうです。

3　ヨウダ

ヨウダには、二つの主な用法がある。(a)事柄の真相はどうか確信はないが、本当らしいということを表す場合（次の(1)―(3)）と、(b)本当でないことははじめから誰の目にも明らかだが、まるで本当のように見えるということを表す場合（次の(4)―(5)）である。いずれも、話し手自身の観察ないしは周りの状況からの推量である。

(1)　彼は、確かに、ここに来たことは来たようだ。
　　この種類のブドウは一般に甘いようだ。
(2)　発音から察するに、彼はどうやらフランス人のようだ。
　　ファミコンに一番夢中なのは、実は母親のようだ。
(3)　彼はどうやら暇なようだ。
　　今朝の海はここから見ると静かなようだ。
(4)　桜の花が散って、雪が降ったようだ。

この子が撮った写真は、まるでプロのカメラマンが撮ったようだ。

(5) あの女学生は、まるで男の子のようだ。

この子の考え方は、まるで大人のようだ。

ヨウダは、(1)と(4)のように動詞または形容詞のル形・タ形につく。ただし、(2)と(5)のように「名詞＋ダ」につく場合は、「ノ＋ヨウダ」となり、(3)のようにナ形容詞の場合は「ナ＋ヨウダ」となる。

また、推量のヨウダは否定形にはならないが、疑問形、過去形にはなりうる。

(6) *彼は後悔しているようではない。

?彼は後悔しているようですか。

彼は後悔しているようだった。

推量のヨウダは、(1)―(3)にも見られるように、「確かに」「一般に」「察するに」「実は」「どうやら」といった副詞的表現と共起しうる。このことは、ヨウダが、ソウダのように感覚でとらえたことをそのまま言うのではなく、話し手自身による多少なりとも積極的な推量が含まれていることを示すものである。

練習問題〔二〕の3

以下の文におけるヨウダの用法は、A、Bのどちらの用法に一致するかを考えなさい。

A　あの子はやはりピアノの練習を一人でしていたようだ。

察するに学生達はだいぶ不満をもっているようだ。
湖の水面はまるで鏡のようだ。
この子の顔は天使のようだ。

B

1 夕日が沈んでいく海は絵の具を溶かしたようだ。（　）
2 彼はやはりがっかりしているようだ。（　）
3 子ども達は記念のメダルをもらって、喜んでいるようだ。（　）
4 バケツをひっくり返したような雨が降った。（　）
5 この成績からみると、彼は余程遊んでばかりいたようだ。（　）
6 この子はまるで悟りきったようなことを時々言うので驚きます。（　）
7 手紙によると、父はこのところ元気なようです。（　）
8 今日も海はどうやら穏やかなようだ。（　）
9 この造花は本物のようですね。（　）
10 どうやら彼らはすっかり退屈したようだ。（　）

4 ラシイ

ラシイの用法には、(a)ある事柄を推量する場合（次の(1)と、(b)本来の姿、ふさわしさ、といったことを表す場合（次の(2)）とがある。

(1) 彼は、来年、博士論文を出すらしい。
今年の冬は、例年より暖かいらしい。

おじいさんは、思ったより元気らしい。
彼は、やはりカメラマンらしい。
彼女は、みるからに看護婦さんらしい。

(2) 彼の態度は、いかにも教師らしい。
彼は、ものごとにこだわらず、男らしい。

(1)に見るように、推量の場合は述語のル形・タ形につく。ただし、ナ形容詞、名詞＋ダにつく時にはダは現れず「元気らしい」「カメラマンらしい」となる。また(2)のように「ふさわしさ」を表すのは、名詞につく場合だけである。

推量のラシイは、否定形にはならないが、過去形、疑問形は不自然ながら可能である。一方、「ふさわしさ」を表すラシイは、否定形、過去形、疑問形のいずれも可能である。

(3) ＊おじいさんは、思ったより、元気らしくない。（否定）
？彼はどうやら結婚するつもりらしかった。（過去）
？彼はもうレポートを出したらしいですか。（疑問）

(4) そんなことにこだわるとは、男らしくない。（否定）
彼女の態度は、いかにも教師らしかった。（過去）
彼女の態度はいかにも教師らしかったですか。（疑問）

練習問題〔二〕の4

一　以下の文のラシイの用法は、A、Bのどちらの用法に一致するかを考えなさい。

A　彼は来年中国へ行くつもりらしいよ。
　　午後から雪になるらしい。

B　彼女の物腰はいかにもベテランの秘書らしい。
　　彼の考え方はいかにも政治家らしい。

1　今日も上田先生は休講らしい。（　）
2　内田君はまだ退院できないらしい。（　）
3　来年、古い校舎が取り壊される計画があるらしい。（　）
4　彼らの態度は軍人らしかったですか？（　）
5　あんなに勝手なことを言うとは、彼は全くリーダーらしくない。（　）
6　あの先生は神父さんらしくないところがいい。（　）
7　彼はやはり足がまだ痛いらしいですか？（　）
8　彼の言い方から察すると、相当頭にきているらしい。（　）

二　例にならって、各文の述語をラシイがついた形にかえなさい。

例　彼が監督です。［監督らしい］

1　彼がこの大会の準備の責任者です。［　　　］
2　彼らは、英語が苦手だ。［　　　］
3　ちょうど掃除が済みました。［　　　］
4　社員は社長の提案にすっかり満足しました。［　　　］

5　昨日土手の松の木に雷が落ちました。［　　］

6　彼女は来年大学院に進学するつもりです。［　　］

7　彼らは今日の音楽会には来なかった。［　　］

8　あそこにあるのが耐震装置です。［　　］

9　あの店のカレーはとても辛い。［　　］

5　推量を表すダロウ・ソウダ・ヨウダ・ラシイの比較

以上、話し手の推量・予測を表すムード形式として、ダロウ、ソウダ、ヨウダ、ラシイの四つの用法をとりあげた。そして、ダロウはもっぱら話し手の主観的判断を表すこと、他の三つは、それぞれ推量以外の用法を合わせ持つが、推量を表すかぎりにおいてダロウよりも多少とも客観的な根拠に基づくものであること、をみた。ここで、これらの表現の用法の違いが最も端的に現れる場合をいくつか例示しておく。

(1)　疑問詞（誰、なぜ、どのように、など）と共起できるか

彼は一体何を食べたんだろう。

＊彼は一体何を食べたそうだ／ようだ／らしい。

彼はなぜ来なかったんだろう。

＊彼はなぜ来なかったそうだ／ようだ／らしい。

(2)　話し手自身の体験・内省の結果を表せるか

この薬は確かによく効くようだ。

*この薬はよく効くだろう／そうだ／らしい。
（ただし、薬の効能を他人からきいた場合には可能。cf. 長島 一九八五）

(3) 「と思う」の補文に現れるか

僕は、彼が多分来るだろうと思う。
*僕は、彼が多分来るそうだ／ようだ／らしいと思う。

(4) 視覚的・直観的にとらえられた目の前の状況を表せるか

あっ、もう少しで崖が崩れそうだ。
*あっ、もう少しで崖が崩れるだろう／ようだ／らしい。
（ただし、自分が見ているのでなければ可能。cf. 寺村 一九八四）

(5) 五感（第六感）でとらえた物事の気配を表せるか

誰か玄関に来ているようですよ。
*誰か玄関に来ているだろう／そうです／らしいですよ。
（ただし、話し手自身がとらえた気配でなければ可能）

(6) 相手の様子を面と向かって言えるか

すっかりお元気になられたようですね。
?すっかりお元気になられただろうね／そうですね／らしいですね。
（ただし、後者の表現はやや失礼な感じになる）

(7) 自分自身の推論であることを強調するのに使えるか

僕が思っていた通り、彼は来ないようだ／?.だろう。

＊僕が思っていた通り、彼は来ないそうだ／らしい。

（ただし、自分の推測と他人から聞いたことが一致したという文脈でなら可能）

練習問題〔二〕の5

次の会話文の｛　｝から適当な表現を選びなさい。

1 A 君は明日彼が来ると思う？
B うん、多分｛a 来るだろう、b 来そうだ、c 来るらしい、d 来るそうだ｝と思うよ。君はどうなの？

2 A さっきまでここにケーキがあったんだけど。知らない？
B ええ。一体誰が持って｛a 行ったらしい、b 行ったようです、c 行ったんでしょう、d 行ったそうです｝。

3 A ねえ、早くこっちに来てごらんよ。この朝顔、もう少しで｛a 咲くそうだよ、b 咲きそうだよ、c 咲くらしいよ、d 咲くようだよ｝。
B まあ、ほんとだ。

4 A 君にもらった痛み止めの薬、昨日飲んでみましたが、確かによく｛a きくそうです、b きくらしい、c きくようです、d きくでしょう｝。
B ああ、それはよかったですね。だけど、飲み過ぎないようにね。

5　A　あの物陰に誰かさっきから｛a いるでしょう、b いるようですよ、c いるらしいですよ、d いるそうですよ｝。
　　B　え、まさか、あなたの思いすごしですよ、きっと。

6　A　先生、ご入院なさっていたとおききしましたが、もうすっかり回復された｛a ようですね、b らしいですね、c でしょうね、d そうですね｝。本当におめでとうございます。
　　B　ええ、ありがとう。やはり、健康が一番ですね。

7　A　僕が思っていたように、彼は来ないようだね。君はどう思う？
　　B　ええ、どうも来ないつもり｛a ようですね、b らしいですね、c でしょうね、d そうですね｝。

8　A　昨日の電話でははっきりと言っていませんでしたが、彼は、この秋にもう一度日本に来たい｛a そうな、b らしい、c だろう、d ような｝口ぶりでしたよ。
　　B　そうですか、みんなもきっと喜ぶでしょう。

6　マイ

否定のムード表現であるマイには、(a)ある事柄の確からしさが否定的であることを推量し、-ナイダロウ・-ナイデショウの意味に用いられる場合と、(b)ある事柄を決してシナイヨウニショウという話し手の強い意志を表す場合とがある。(b)の用法の場合には、主語は一人称にかぎられ、話し手の強い意志を表すことになる。

(1) 否定的推量（＝―ナイダロウ）

恐らく、彼らがこの提案に反対することはあるまい。

君には、彼の気持ちが決してわかるまい。

彼らは、多分嘘はつくまい。

(2) 否定的意志（＝―シナイヨウニショウ）

二度と、彼らの言い分はきくまい。

いいかげんな報告書は決して書くまい。

右の例においては、いずれもマイは動詞の基本形についているが、母音語幹動詞（食べる、見る、など）には連用形につく場合もあり、人によりかなりの揺れがある。

(3) 京都の人は、納豆は食べるまい／食べまい。

彼女は、みんなにその手紙を見せるまい／見せまい。

先生には絶対、知らせるまい／知らせまい。

約束の時間には決して遅れるまい／遅れまい。

サ変動詞および「来る」にも揺れが認められる。

(4) 彼は、二度と映画をつくりはするまい／すまい／しまい。

我々は同じ過ちをするまい／すまい／しまい。

(5) 彼らはこんな所には来るまい／来まい／来まい。

練習問題〔二〕の6

一　次の各文のマイは、A、Bどちらの用法に一致するかを考えなさい。

A　今年度中に報告書がでることはあるまい。

B　僕は、もう二度とあんないいかげんな話にはのるまい。

1　射撃では、日本選手はおそらく優勝できまい。（　）

2　彼が自分の能力の限界に気がつくことはあるまい。（　）

3　僕が見つけた子猫なんだから、絶対誰にもあげるまい。（　）

4　このぐらいの雪で新幹線が止まることはあるまい。（　）

5　秘密の隠れ家を先生になんか教えるまい。（　）

6　まさか彼らが自首する可能性はあるまい。（　）

二　次の各文におけるマイを、ナイデショウまたはナイヨウニショウに言い換えなさい。

1　A　今度のオリンピックで日本は幾つのメダルをとれると思う？

B　そうだなあ、悲観的にみても、五つ以下ではあるまい。

（　）

2　A　五年後には、大学の受験生が減ってくるというけど。

B　うん、つぶれる大学も幾つかは出てきそうだよ。

A　しかし、この大学がつぶれることはあるまいね。

（　　　）
3　A　この計画が発表されるまで、誰にも話しちゃだめだよ。
　　B　うん、僕からは決して話すまい。

（　　　）
4　A　転勤のこと、君から彼に話しておいてくれない？
　　B　うん、しかし、決して喜ぶまいね。

（　　　）
5　A　お盆の間は、高速道路はすごく渋滞していたでしょう。
　　B　ああ、本当にまいったよ。もう、車では帰省すまい。

（　　　）

7　カモシレナイ・ニチガイナイ

共に、否定辞ナイをその一部に含む表現であるが、全体として、話し手の推量を表すムード表現として働く。

まず、カモシレナイは、ある事柄の真偽ないしは成立の可能性についての話し手の推量を表す。主観的ではあるが、話し手自身の確信の度合は低く、可能性を示唆するぐらいの気持ちである。

(1)　ひょっとすると、彼は、もう家に帰ったかもしれませんね。
　　あるいは、君の方が正しいかもしれない。
　　これが、彼の長年の思索の帰結であったと言えるかもしれない。

しかし、他のムード表現の場合と同様、文脈によっては一見控え目な表現の裏にある話し手の主張が強く感じられる場合もある。

(2)　本当は、そのように結論すべきかもしれませんね。
この可能性も無視出来ないかもしれませんよ。

(1)—(2)では、カモシレナイが述語のル形ないしはタ形についているが、他に名詞に直接つくこともある。

(3)　彼は、銀行員（だった）かもしれない。
もしかしたら、これが先生が探していた本（である）かもしれない。

カモシレナイは、過去形にはなるが疑問形はやや不自然である。

(4)　彼女は優勝するかもしれなかった（が、残念なことをした）。
彼は危ないところで骨を折るかもしれなかった。

(5)　?彼女は来るかもしれませんか。
?あのケーキはもう売り切れているかもしれない?

一方、ニチガイナイは、ある事柄についての話し手の確信の強さを表すが、相手に何かを伝えようというよりは、話し手自身の推測を確認する気持ちが強い。

(6)　彼の性格からして、よほど悩んでいるにちがいない。

彼はプロとしての心得を忘れていたにちがいない。

この分では、あと一週間は真夏の晴天が続くにちがいない。

このように述語のル形・タ形につく他に、名詞に直接つくこともある。

(7) 今出て行ったのは、マクベスにちがいない。

そんな時、最後に頼れるのは自分の体力にちがいない。

練習問題〔二〕の7

次の［　］にカモシレナイかニチガイナイのどちらか適当な方を入れなさい。

1 この雲行きでは、午後からきっと雨になる［　］。

2 A 君はだいぶ自信をもっているようだけど、本当にさっき出て行ったのは花子［　］と思うの？

B ええ、絶対に間違いありません。

3 A もしかすると誰か来ていた［　］。

B ええ、私もそんな気がします。

4 A 彼の考え方からすれば、絶対に怒っている［　］。

B そうでしょうね。しかし、仕方がありません。

5 はっきりしませんが、大阪で彼に会える［　］。連絡がうまくとれればの話ですが。

6　A　すこし込んでいるようですから、もしかしたら、帰りの切符はとれない
［　　　　］。
B　そうですね、念のために帰りの分も買っておいた方がいいでしょうね。

7　A　君はいつも物事を決め込んで「そうである［　　　　］」と言うけど、そうそういつも思い通りにはなりませんよ。
B　ええ、そう［　　　　］ね。

8　明日、もしかしたら休講［　　　　］から、そうしたら図書館で会いましょう。

〔三〕推論ないしは背景の説明

前節では、自分自身の経験、直観あるいは他から得た情報に基づいて、話し手が推量した結果を主観的に述べるムード形式を見た。次に、ある事柄の背景やその意義づけ、評価などを示し、相手に理解させることを主眼とするムード形式をとりあげる。

1　ハズダ

ハズダには(a)ある事柄に関する話し手の推論、またはその事柄の意義を相手に示そうとする用法と、(b)相手も十分に認識している事柄について、その背後にある成立理由を説明したり確認したりする用法、とがある。まず(a)の用法の例をみよう。

(1)　彼は、今まで毎回出席していますから、余程の事がないかぎり、来るはずです。

(2) あれ程優秀な人ですから、いい論文を書くはずです。
もうとっくに、そちらに着いているはずなんですが。
今日は、確か、休講のはずです。

これらは、ある事柄に関する話し手の推論の結果を伝えるものであるが、その推論の根拠は(1)のようにはっきりと示される場合も、(2)のように示されない場合もある。しかし、その内容は、話し手の主観的な推測のみによるものではなく、確固とした根拠に基づいて推論されたものであることを示す。

(3) 雨が降りそうな天気ですが、今日の遠足は予定通り行われますか？
a　ええ、行われます。
b　ええ、行われるはずです。

(3)の問いに単に答えるだけならば、aの言い方でよいが、bは「もし中止ならば、早朝に連絡があることになっているが、まだない」というような根拠に基づいた答えである。

一方、はじめに述べた第二の用法は、ある事柄が既に起こっていることは相手にも自明であるとして、今はそれを成立させた必然的な根拠に思い当ったことを示そうとする表現である。

(4) なるほど、彼は来ないはずだ。今、アメリカにいるんですから。
事故で電車が止まっていたんですか。道理で、込んでいるはずですね。

ハズダは、過去形にも疑問形にもなりうる。

(5)　彼は来るはずだった（が来なかった）。
もうとっくに、そちらに着いているはずでしたのに。
(6)　彼は来るはずでしたか？
もうとっくに、こちらに着いているはずですか？

また否定形は、-ナイハズダとハズガナイとの二通りが可能である。

(7)　彼は今度の学会に来ますか？
a　いいえ、来ません。
b　いいえ、来ないはずです。
c　いいえ、来るはずがありません。

aは最も単純な答え。bは「出席の返事が来ていませんから」とか「今入院中ですから」といった「来ない」ことを示す明確な根拠がある場合。cは「来る」と言える根拠がないことを言うだけでなく、当の問題に対する相手の認識不足を責めるような感情的な色彩が加わることが多い。「来るはずがないじゃないか（全然分かってないんだなあ）」という感じになる。

練習問題〔三の1〕

一　次の各文におけるハズダの用法は、A、Bのどちらの用法と一致するかを考えなさい。

A　昨夜、彼に連絡しておきましたから、今日は来るはずです。
B　ガソリンがきれているんですか。道理で動かないはずだ。

1　さっきから水道工事をしているのですか。水が出ないはずですね。（　）
2　今日は、授業はないはずだ。きのうから大学祭ですからね。（　）
3　二カ月前に注文したから、もうそろそろ届くはずです。（　）
4　あれだけ復習をすれば、合格点はとれたはずですけどね……。（　）
5　道理でいつまでたっても開店しないはずだ。今日からお盆休みと書いてある。（　）
6　みんなが歩調を合わせれば、必ず我々の要求は通るはずですよ。（　）

二（　）の述語に、-ナイハズダとハズガナイのどちらかより適切な方をつけて「　」に入れなさい。丁寧な形にすること。

1　彼は今日の講演会には来るようなことを言っていましたから、多分「　」（欠席する）。
2　なにをおっしゃるんですか。あのまじめな先生が「　」（嘘をつく）。
3　あれ程何度も念を押しておいたんですから、いくら新入生でも「　」（間違える）。
4　彼は大した剣幕で「この計画は「　」（失敗する）」と言っていましたよ。
5　我々の計算によれば、酸素はあと二時間しか「　」（もつ）。
6　いくらなんでも、あんなにひどい衝突事故から半日で「　」（復旧する）。

2　ニチガイナイ・ハズダ・コトニナルの比較

いずれもある根拠に基づいて行われた推論の結果を示す。しかし、その推論自体ないしはそれが基づく根拠は、ニチガイナイ、ハズダ、コトニナルの順でより客観的になる。三つの違いを示す例をいくつかあげておく。

(1)　自分でも確信はないが／漠然とそんな気がするだけだが／……
　a　彼はここに来たにちがいない。
　b　＊彼はここに来たはずだ。
　c　＊彼はここに来たことになる。

(2)　毎日百回ずつ腕立てふせをしたから、この五日間で五百回
　a　＊したにちがいない。
　b　?したはずだ。
　c　したことになる。

(3)　この解説書によれば、赤いボタンを押せば、
　a　＊録音されるにちがいない。
　b　録音されるはずだ。
　c　録音されることになる。

(4)　誰もが平和を
　a　願っているにちがいない。
　b　願っているはずだ。

c ＊願っていることになる。

つまり、チガイナイは自らの主観的な推測を確認する気持ちを表すものであり、従って、(2)(3)のように客観的な根拠に基づく言明とは相い入れない。ハズダは、確かな根拠に基づく推論だが、その推論は依然として話し手のものである。これに対して、コトニナルは客観的な根拠に基づく客観的・論理的推論である（つまりムード表現ではない）といえよう。従って、(2)(3)のように客観的な根拠に裏打ちされている場合には、ハズダもコトニナルも同じように使えるが、(4)のように話し手の気持ちを反映させている場合にはコトニナルは使えない。

練習問題〔三〕の2

ニチガイナイ、ハズダ、コトニナルのうち、適当なものを［　］に入れなさい。二つ以上のものが使える場合もある。

1 これは私の勘ですが、彼女は何か重大な決心をしている［　　　　］。
2 我々の試算では、この鉱脈はあと二十年で掘りつくされる［　　　　］。
3 今回の事故の救出作業の遅れには、誰もが憤慨した［　　　　］。
4 私は、どんなに困難に見える仕事でも一歩一歩進みさえすれば、必ずいつか成し遂げることができる［　　　　］と信じています。
5 彼は平気な顔をしていましたが、察するにおそらく相当まいっていた［　　　　］。
6 大学院では入学定員は六名。受験生は毎年約三十名。つまり、約五倍の競争率である［　　　　］。

7　A　窓が開いていましたよ。

　　B　えっ、さっき私が閉めた［　　　　］。本当に開いていましたか。

8　こんなところに隠されていたのなら、あの時もっと注意して捜せばきっと見つかった［　　　　］。

3　ワケダ

ワケダにもいくつかの用法を区別することができる。まず、(a)先にあげたハズダ、コトニナルと同様に、二つの事柄を念頭に置き、一方が、他方が成り立つための条件・原因になっていること、またはそう推論することが正しいということを述べる用法がある。

(1)　彼が足を骨折したのは昨日だから、当然、今日の運動会には出られないわけだ。

　　彼女は、二十歳までアメリカで暮らした。道理で、英語がよくできるわけですね。

(1)では「彼が今日の運動会に出られない」ということが「彼が昨日骨折した」という事実からの当然の帰結として導かれるということを相手に説明しようとする。

第二に、(b)ある事態をもたらした原因・背景を説明し、その事態のもつ意味を相手に理解させようとする用法がある。

(2)　アメリカの失業者の数は徐々に減りつつある。長期にわたる政策の立て直しが実を結んできたわけである。

　　今回のコンサートには予想外に多くの聴衆が集まり、入場出来なかった多くの人から苦情がでた。前宣伝がききすぎたわけだ。

(2)では、「失業者の数が減ってきている」という事実の背後にある理由、その意義づけとして「政策が効を奏してきた」ということをあげている。

この背景・理由の説明は、時として、話し手の主観的判断を相手に押しつけるという感じになることもある。

(3)　今日の会議の混乱には、いろいろな理由が考えられるとおもいますが。
　　——いや、もちろん、議長が無能だったわけです。
　　あの計画が失敗するとは意外でした。
　　——そうかなあ、はじめからどだい無理だったわけですよ。

ワケダは、過去形、疑問形、否定形いずれの形にもなりうる。

(4)　大統領は当然その提案を拒否してよいわけだった。
　　だから、みんなが反対したわけですね？
　　そういう理由で反対したわけではありません。

否定形ワケデハナイ／ワケジャナイは、それに先行するほとんどすべての要素・意味関係を否定することができる。次の(5)は、普通の動詞の否定形では否定しにくい「常に」などの表現が簡単に否定される場合であり、(6)は理由、条件などの従属節と主節との意味関係、即ち推論の過程そのものが否定されている場合である。

(5)　彼らは常に意見が合わない（いつも対立している）。

(6)　彼らは常に意見が合うというわけではない（時々対立することもある）。
このリストにある本を全部読めば試験に受かるというわけではない。
風が吹けば桶屋がもうかるというわけではない。

ワケダの否定形には、他にワケガナイ、ワケニイカナイという形がある。前者は、ハズガナイと同様に、ある事柄が成立しない理由があるという強い否定を表す。後者は、相手または世間一般のやや安易な推測を打ち消す場合に使われ、先行述語は動詞に限られる。

(7)　彼は（今ボストンにいるのだから）新宿にいるわけがない。
あの頑固なじいさんが、妥協をするわけがない。

(8)　少々熱があるからといって、休むわけにはいかない。
どんなに頼まれても、教えるわけにはいかない。

練習問題〔三〕の3

一　次の文のワケダの用法は、A、Bのどちらの用法に一致するかを考えなさい。

A　彼女は今年レコードが大ヒットし、二年先まで予定が決まっている程忙しい。道理で、なかなか連絡がとれないわけだ。

B　正門前に乗り捨ててあるバイクの数は徐々に増えてきている。学生数の増加と駐車場の不足の問題が一挙に出てきたわけだ。

1　彼は予備校で週三十時間も教えているそうだ。いつ電話してもいないわけだ。（　）

2　彼女は一度読んだことは細部まで完全に覚えてしまうという特異な能力をもっている。道理で、何をきいてもすぐ答えてくれるわけだ。（　）

3　彼女は三周目で一度ころんでしまったが、起き上がってあきらめずに走り続けた。みんなの声援が通じたわけだ。（　）

4　彼は舞台に出るとすっかり上がってしまった。先ほど注意したことが、逆効果だったわけだ。（　）

5　彼女がインタビューのマイクを差し向けると、それまで楽しそうだった一座の人々は、急に白けてしまった。とんだ邪魔者というわけだ。（　）

6　彼は自分の意見が全く無視されたと思ったので、あんなにも怒ったわけです。（　）

二　ワケデハナイ、ワケガナイ、ワケニ(ハ)イカナイ、のうち適切なものを［　］に入れなさい。
二つ以上使える場合もある。

1　君はさっきからこのケーキを食べたそうにしているが、いくら余っているからといって、全部を君にあげる［　］よ。

2　誰もが研究室の本を持ち出してよい［　］。

3　ぼくはあの隠し場所を君にしか教えなかった［　］。

4　まだ学部生の僕達が、大学院の研究室を自由に使える［　］。

5　応募作品が少ないからといって、コンクールをやめてしまう［　］。

6　委員全員がすべての法案に賛成した［　］。

7　今度の大統領は、誰にでも信頼されている［　］。

8　君が頑張ったぐらいで、彼を説得できる［　　　　］。
9　ノートを全部暗記しさえすれば合格できる［　　　　］。
10　ノートを全部暗記したぐらいで、合格できる［　　　　］。
11　ノートを全部暗記したからといって、君を合格にする［　　　　］。

4　モノダ

モノダにもいくつかの用法を区別することができる。まず、(a)物事のあるべき理想の姿を示し、当然そうでなければならないという気持ちを表す用法がある。

(1)　女性や年寄りには親切にするものです。
　　いいかい、秘書というのは、会議の前日にはすべての資料を準備しておくものだよ。

次に、(b)ある事柄が起こった理由、原因を相手に説明する用法がある。

(2)　彼は、極めて流暢に答弁をした。あらかじめ質問を予想していたものらしい。
　　懇親会は学内の会議室でおこなわれた。予定していたホテルの会場が使えなくなり、急きょ変更になったものだ。

第三に、(c)昔のことを懐かしく思い出し、感慨の念を表すことがある。

(3)　当時、僕達は、日曜ごとに家に集まって、バレリーの作品を読み、午後から飲みに行ったものだ。

彼が、アメリカにいた間は、しばしば新しい論文を送ってくれたものだ。

さらに、(d)驚き、驚嘆の気持ちを表すこともある。

(4) しかし、あいつも相変わらずおっちょこちょいなものだねえ。
彼の案は、確かにすばらしい。よく考えたものだ。

最後に、(e)ものの本来の性質・一般的性向を述べるという用法がある。

(5) 子供というのは、元気そうに見えても、急に熱を出したりするものだ。
四十歳を過ぎると、自分のペースがだんだんつかめるようになるものだ。

モノダは、過去形、否定形、疑問形のいずれもとりうる。ただし、右に見たすべての用法について常に可能というわけではない。

(6) 僕達は、よく一緒にビールを飲んだものだった。
老人に無理をいうものではありません。
?今回の決定は急きょ決まったもの(なの)ですか。

練習問題〔三〕の4

一 次の各文のモノダの用法はA、Bのどちらの用法に一致するかを考えなさい。

A 小学生になったら、毎日一度はお手伝いをするものですよ。

B　夏休みには毎日近くのプールに子供と一緒に行ったものだ。

1　一年に二回ぐらいは親に手紙を書くものです。まったく親不孝なんだから。（　）
2　新聞は、読んだらきれいにたたんでおくものだよ。（　）
3　二十年前には、日照りが続くとすぐ断水したものだ。（　）
4　近所の人には道で会ったらあいさつをするものですよ。（　）
5　夕方になると子供を乳母車に乗せて、電車を見に行ったものだ。（　）
6　僕は、旅行のたびに小さなスケッチブックをもって行って、街の風景を写生したり、その日にあったことを書いたりしたものです。（　）
7　プールでは、泳げない人には親切にするものです。（　）
8　その頃はまだワープロがなかったので、原稿の書き直しには本当に時間をとられたものです。（　）

二　各文のモノダは、C、Dのどちらの用法に一致するかを考えなさい。

C　なるほど、プロともなるとさすがに奇抜な発想を出すものだ。
D　初心者は必要以上に緊張するものです。

1　患者はとかく医者の態度に敏感になるものだ。（　）
2　いつの時代も学生はなんとかさぼろうとするものだ。（　）
3　本当にモーツァルトの曲はすばらしいものだねえ。（　）
4　この短期間のうちによくあそこまで上達したものだ。（　）

5　小説家というのはとかく気まぐれなものだとは思いませんか。（　）
6　時計の音でも、一度耳につくと本当に気になるものですね。（　）
7　運転は慣れれば慣れるほど、無駄な神経を使わなくなるものです。（　）
8　さすがに彼の歌声はすばらしいものだ。（　）

三　〔　〕内の適切な方を選びなさい。

1　A　お父さんは子供のころ、よくおじいさんと遊んだ？
B　ああ、週末になると散歩に連れて行って〔a　もらった、b　もらう〕ものだよ。
A　どんなところに行ったの？
B　なあに、近くの原っぱとか川だ。秋になるとススキがきれいで、トンボが〔a　飛びかっている、b　飛びかっていた〕ものだ。

2　A　子供は誰でもよく〔a　遊ぶ、b　遊んだ〕ものだと思っていましたが、最近の子供は本当に遊ぶ暇がないようですね。
B　ええ、僕なんか、小学校の頃には夕方暗くなるまで〔a　遊び回っている、b　遊び回っていた〕ものですが……。
A　しかし、いつの時代でも、子供はもともと〔a　遊びたがる、b　遊びたがった〕ものですよね。
B　もちろん。子供の時にこそ、体力を〔a　つけておく、b　つけておいた〕ものですからね。

5　コトダ

コトダには少なくとも二つの用法が認められる。一つは、(a)相手に対して忠告をしたり、あるべき状態を示唆したりする用法である。例えば、

(1)　遊びたければ、早く宿題をやってしまうことだ(ね)。
　　話がこじれないうちに、早く決着をつけることだ(な)。

「-することが大切だ」といった意味。この場合には、コトダに先行する動詞はル形をとる。過去形、疑問形にはならないが、否定形にはなる。

(2)　そうくよくよすることはない(よ)。
　　なあに、そう気にすることはない。

もう一つの用法は、(b)半分呆れたというような一種の驚きを表す表現である。やや文語的。会話ではモノダの方が普通である。

(3)　あんなことをして、よくも平気な顔をしていられることだ/ものだ。
　　よくあんな無責任なことが言えたことだ/ものだ。

この用法には、否定形がない。

練習問題〔三〕の5

次の文を、例にならって、コトダを用いて言い換えなさい。

例　文句を言われたくないのなら、自分の仕事をちゃんとやりなさい。
↓文句を言われたくないのなら、自分の仕事をちゃんとやることだ。

1　初心者はなによりも安全第一を心がけることが大切です。
↓（　　　　）

2　語学を身につけたいならば、毎日練習が必要です。
↓（　　　　）

3　特に、会話のクラスは絶対に欠席しない方がよい。
↓（　　　　）

4　誤解が広まらないうちに、ちゃんと説明しておいた方がいいですよ。
↓（　　　　）

5　本当に犬を飼いたいならば、まずお母さんに相談しなさい。
↓（　　　　）

6　スピード違反で捕まったら、率直に違反を認めた方がいいですよ。
↓（　　　　）

7　とにかく、真相がはっきりするまで、余計なことは言ってはいけない。
↓（　　　　）

6　ノダ

ある出来事、状況の真相を捉え、それを相手に説明しようとする表現。

(1)　彼は、自分の発言が、そのような波紋を呼び起こそうとは、夢にも思わなかったのだ。
彼女は、相手を傷つけようなどという気は毛頭ないのだ。

疑問文においては、ことの真相を尋ねる表現になる。会話ではノダがンダになることが多い。

(2)　一週間姿を見せなかったけれど、どこに行っていたんだい？
さっきから、キョロキョロしているけれども、一体何を捜しているのですか？

これらの疑問文はいずれも「一週間見かけない」「キョロキョロしている」など、問いに先だって相手の様子を認識しており、それについての説明を求めるものである。また、ノダは、疑問形だけではなく、過去形も否定形もとりうる。否定形は、ナイノダとなることも、ノデハナイとなることもある。

(3)　その子は、けなげにも、僕の言うことを一生懸命理解しようとしたのだった。
(4)　彼女は来るとは約束しなかったのだ。
彼女は来ると約束したのではない。

練習問題〔三〕の6

次の文章におけるA、Bのどちらか適切な位置にノダを入れなさい。

1　翌日、彼が会社に出てくると、みんな大騒ぎだった。彼にはなぜあんなことでみんなが騒ぐのか分からなかった［ A ］。彼はすべてのことをきわめて楽観的に考えていた［ B ］。

2　彼女は時々あまりにも思い切ったことを言うので、冷たい人だと思われている。実際に、みんなから少し敬遠されている［ A ］。しかし、しばらくつき合ってみればすぐに分かるが、とても気持ちの優しい人だということを僕は言っておきたい［ B ］。

3　今日の会議の混乱ぶりは目に余る。まったくの時間の無駄にすぎない［ A ］。これも長期的な展望がないことから来ていることをここで指摘しておきたい［ B ］。

4　みんなが捜していた彼がやっと戻ってきた。彼の姿を見るや否や、みんなは彼に質問を浴びせかけた［ A ］。昨日からの議論も彼なしではどうしても結論が出なかった［ B ］。

7　トコロダ

動作・出来事が継続中である時、そのどの段階にあるかを表す表現。直前にくる動詞の形により、継続中であることを表したり、今終わるか今始まるかする間際であることを表したりする。通常、共起する副詞により意味の違いがはっきりする。継続のアスペクトに関わる主観的表現といってよい。

(1)　今、手紙を書いているところです。（継続）
これから、手紙を書くところです。（未然、今から始める）
ちょうど、手紙を書いたところです。（既然、今終わった）
今まで、手紙を書いていたところです。（過去における継続）

トコロダは、過去形にはなるが、疑問形、否定形はやや不自然である。

(2) 電話がかかってきた時、僕は昼食を食べているところだった。
　　駅に着いた時、ちょうど列車が出るところだった。

(3) ?君は、出かけようとしているところですか?
　　?これから帰るところですか?

(4) ?今、出かけようとしているところではない。
　　いいえ、べつに、出かけるところではありません。

また、トコロダガとなると普通の状況またはあるべき状態とは違うという気持ちを表す。ここでは、トコロダが接続助詞化していると言ってよい。

(5) 普通なら、許さないところだが、今回だけは許してあげよう。
　　本来なら、理事長が参るべきところですが、私が代理で参りました。

練習問題〔三〕の7

（　）の述語をル形、タ形、テイル形、テイタ形のいずれかの形に直して［　］に入れなさい。
二つ以上の形が使える場合もある。

1 君がなかなか来ないので、もう帰ろうと［　　］（思う）ところです。

2 ちょうどよいところに来てくれた。今、このタンスを二階に［　　］（上げる）ところなんです。ちょっと手を貸して下さい。

3

A　昨日夕方研究室に行ったら、ちょうど秘書の人が［　　　］（帰る）ところでした。

B　では、もう研究室の鍵はかかっていたのですか。

A　いいえ、彼女はちょうど書類を片づけたりして帰りの支度を［　　　］（する）ところでした。

B　では、鍵がかかったかどうかは確認しなかったのですね。

A　ええ、しませんでした。ただ、かけようと［　　　］（する）ところまでは見ましたが。それにしても、一体何があったんですか。

4

A　そのニュースを君はどこできいたの。

B　学校の研究室でだよ。ちょうど、教室から［　　　］（戻ってくる）ところだったんだ。

A　それですぐに僕に電話をくれたんだね。

B　ああ、しかし、君もだいぶあわてていたようだね。何を［　　　］（する）ところだったの。

A　上司に頼まれて急いで書類を［　　　］（まとめる）ところだったんだ。まったく驚いたよ。

総合練習問題

一　次の文の［　　］に、はじめにあげた表現の中から適切なものを選んで、入れなさい。必要があれば、適切な形に直すこと。

1　〈ヨウダ・ダロウ・ハズダ〉

あのレストランで、彼に会う［　　］とは夢にも思わなかった。僕はここニューヨークに着いたばかりだったし、彼は確か、ケニアで仕事をしている［　　］ったから。彼は、若い女性とワインでも飲んでいる［　　］ったが、僕が近づくとまるで、亡霊を見た［　　］顔をした。もし僕が彼だったとしても、やはり同じような顔をした［　　］。

2　〈ラシイ・ヨウダ・マイ・ソウダ〉

その子がベンチにすわって食べているアイスクリームがあまりにもおいし［　　］ったので、思わず見とれてしまった。アイスクリームに見とれるとは変な話だが、その子も変だと思った［　　］。一瞬、当惑した［　　］った。しかし、指をさして、あそこで売っているの、と教えてくれた。これが、彼女との出会いであり、別れの始まりだった。彼女と別れて五年になる。もう二度と会うことはある［　　］。

3　〈ダロウ・ニチガイナイ・ソウダ〉

半年ぶりに訪れたこの湖は、湖底がすっかり干上がりひび割れていた。この様子では、ずっと、雨がふっていない［　　］。人々はどうしているの［　　］。周りの木々もすっかり枯れてしまい［　　　］。

4　〈マイ・ソウダ・ダロウ〉

日本の道路工事はなんと計画性がないの［　　　］。同じ道を何回も何回も掘り起こす。工事の人たちにとっては仕事があっていい［　　　］が、近所の人々はうるさくて仕方がある［　　　］。掲示によると今日も午後から工事がある［　　　］から、また回り道をしなくてはなる［　　　］。

5　〈ハズダ・ダロウ・ソウダ〉

A　明日委員会がある［　　　］が、なにかききましたか？

B　ええ、ありますよ。三時から第三会議室である［　　　］。

A　議題はなんですか。

B　よく知りませんが、時期が時期ですから、多分予算のこと［　　　］。

A　また長い会議になり［　　　］ね。

6　〈ハズダ・ラシイ・ダロウ・カモシレナイ〉

A　この秋にC教授が日本に来るって本当ですか。

B　私も、詳しいことは知りませんが、そう［　　　］ですよ。

A　また、セミナーを開けるといいんですが。今からでは無理［　　　］ね。

B　ええ、スケジュールはとっくに決まっている［　　　］けど、直接手紙を書いてみたらどうですか。もしかしたら余裕がある［　　　］よ。

二　次の文の［　　］に、はじめにあげた表現の中から適切なものを選んで入れなさい。必要があれば、適切な形に直すこと。

1　〈ニチガイナイ・ハズ（ダ）・コトニナル〉

A　うちのクラスの生徒の大半は希望の大学に入学できる［　　］と思いますが。かなり優秀な生徒が集まっていますからね。

B　ええ、でも試験だけはやってみないと分かりません。期待しすぎるとがっかりする［　　］よ。

A　でも、我々の指導が効果を上げない［　　］がないじゃありませんか。

2　〈ワケダ・モノダ・ヨウダ・ハズダ・ノダ〉

A　彼はオリンピックの候補選手だったんですか。道理で、すばらしい泳ぎをする［　　］ね。

B　私も昔は水泳でかなりいい記録を出した［　　］が、あれ程の記録は出したことがありません。

A　しばらく見ませんでしたが、この数年、彼は何をしていた［　　］か？

B　確か、米国に留学して運動生理学を修めてきた［　　］。

A　この記録からみると、水泳の練習も欠かさずやっていた［　　］ね。

3　〈モノダ・コトダ〉

A　外国人には親切にする［　　］。誰でも外国に行けば、心細い思いをする［　　］から。

B　ええ。英語に自信がなくてもそう気にすることはないですね。
A　そうです。語学より気持ちの問題です。困っている人を見たら、とにかく相談にのってあげる［　　　］ね。

4〈ラシイ・ヨウダ・ソウダ〉
A　あの人は本当に弁護士の［　　　］ものの言い方をしますが、一体何をしている人ですか？
B　実際に弁護士だ［　　　］よ。
A　しかし、それにしては弁護士［　　　］ないところもありますねえ。

5〈ソウダ・ヨウダ・ノダ〉
A　こんなに熱が出るなんて一体何がいけなかったのだろう。
B　きのうプールに行ったのがいけなかった［　　　］と思いますよ。私がいつも飲んでいる薬ですが、とても良く効く［　　　］から、飲んでみたらどうですか。
A　ええ、熱で頭が割れ［　　　］よ。

三　同じ文中の副詞的表現に注意して、［　　　］にはじめにあげたムード表現の適切なものを入れなさい。二つ以上のものが使える場合もある。

〈ニチガイナイ・ハズダ・ダロウ・ラシイ・ソウダ・コトニナル・ノダ〉

1　a　彼はこの法案にはきっと反対する［　　　］。
　b　彼はこの法案には多分反対する［　　　］。

2
a　彼女の話し方はいかにもアナウンサー［　　　］。
b　彼女は本当にアナウンサーだ［　　　］。
c　よくわかりませんが、彼女は多分アナウンサー［　　　］。

3
a　彼は一体どうして来なかったの［　　　］。
b　彼は当然来なかった［　　　］。
c　察するに彼は来なかった［　　　］。
d　彼らからきいたところでは、彼は来なかった［　　　］。

4
a　我々の推論が正しければ、彼女は自殺した［　　　］。
b　真相は定かでないが、彼女は自殺した［　　　］。
c　周りの状況から判断すると、彼女は自殺した［　　　］。

四　右にあげた副詞的表現とムード表現の組み合わせを用いて、短文を作りなさい。

語彙索引

事項索引

（ページの後のｆは，その項目が，後のページに続くことを示す）

著者紹介

加藤泰彦（かとう・やすひこ）

1972年獨協大学外国語学部英語学科卒業。74年上智大学大学院外国語学研究科言語学専攻修士課程修了。81年同博士課程修了。文学博士。現在，上智大学外国語学部言語学副専攻講師。著書に *Negative Sentences in Japanese* (*Sophia Linguistica* 19, Monograph, 1985)，他に『海外言語学情報Ⅰ-Ⅳ』（共著，大修館書店）等がある。

福地　務（ふくち・つとむ）

1970年上智大学外国語学部フランス語科卒業。76年同大学院言語学専攻博士課程前期終了。75年から88年までアメリカ・カナダ大学連合日本研究センターで日本語教育に従事。同センター助教授を経て，89年明海大学外国語学部日本語科助教授。著書に *An Introduction to Advanced Spoken Japanese*（共著）他がある。

外国人のための日本語例文・問題シリーズ15

テンス・アスペクト・ムード

平成元年五月一日　印刷
平成元年五月十五日　初版

著者　加藤泰彦　福地務
発行者　荒竹勉
印刷／製本　中央精版印刷
発行所　荒竹出版株式会社
東京都千代田区神田神保町二ー三四
郵便番号一〇一
電話〇三ー二六二ー〇二〇二
振替（東京）二ー一六七一八七

ISBN4-87043-215-3　C3081

定価1,854円（本体1,800円）

NOTES

NOTES

NOTES

NOTES

NOTES

『テンス・アスペクト・ムード』練習問題解答

外国人のための日本語　例文・問題シリーズ15

解答において、a／bとあるのは、aでもbでもどちらでもよい、aとbとどちらでも用いうる、という意味である。

第一章 テンス

〔二〕一 状態（不順な、めずらしい、冷たい、よい）、動作・出来事（始まって、続き、明けた、ぶり返した、なった、発生した、晴れて、吹き、カラっとし） 二 卒業しました、留学しました、教え始めました、書き始めました、なりました、集めました、入社しました、発表しました、亡くなりました 三 歩いた、見つけた、飲んだ、行った 四 である、沸騰する、凍る、上がる、沈む、話す、落ちる、硬い 五 1 入れます 2 押します 3 押します 4 抜きます 六 略

〔四〕a、b、e、c、d

総合練習問題

一 1 いただきます 2 いただきました 3 ありがとうございます、失礼します 4 ありません、売り切れました、入ります、来てみます 5 あります、始まります、忙しいです 6 わかりませんでした、行けます、慣れました 7 できました、行ってみました、どうでした、食べました、おいしかったです、行ってみます

二 起きます、出ます、着きます、着きます、始まります、終わります、戻ります

三、四 略

五 ありませんでした、来ました、です、くれません、見渡しました、あります、あります、ありません、言いました、驚きました

六 1 います、会議中です、終わります、始まりました、かかります、わかりました、お願いします、失礼しました 2 しませんでした、行ってきた、行きました、行った、かかった、行けました、かかりました、なりました、できた、でした、よかったです、おいしかったです、よかったです、込みます、してきました

第二章 アスペクト

〔二〕一 1 b 2 b、b 3 b、b、a 4 b、a 5 b、b 6 b、b 7 b

二

1 b 2 b 3 a 4 a 5 a 6 a／b、a、b　三　1　読んでいない　2　出していない、出さない　3　提出しなかった、提出していない　4　できていなかった、できていない　5　きいていない、会えません

〔三〕の1　一　1　継続、継続　2　結果　3　継続　4　結果　5　結果　二　1　A　2　B　3　B　4　A　5　B　6　B　7　A　8　A　9　B　10　A　11　B　12　A

〔三〕の2　一　1　ザラザラしています　2　優れています、ありふれています　3　離れています、面しています　4　太っています、やせています　二　にこにこしています、変わっています、やせている、落ち着いています　三　1　a、b、b　2　b、b、a　3　b、b、b、a

〔四〕の1　一　1　気がつくと、列車は海岸線を走っていました　2　バスの窓から外を見ると、安井さんが女の人と歩いていました　3　あたりを見回すと、もう誰も泳いでいませんでした　4　何があったのかと思って教室に入って行くと、学生達が言い争いをしていました　5　声がした方を見ると、女子高校生が大きな声を上げて募金の呼掛けをしていました　6　急いでホームに駆け登って行くと、発車のベルはすでに鳴っていました　7　公園に戻ると、友達はもう遊んでいませんでした　二　1　七月の終わり頃戻りましたが、梅雨はまだ明けていませんでした　2　九時ちょっと過ぎに行きましたが、その切符はもう売り切れていました　3　いつもより早めに家に帰りましたが、子供はもう寝ていました　4　三十分ばかりで店を出ましたが、雨はまだ上がっていませんでした　5　定時の五時に会社を出ましたが、家に着く頃あたりはすっかり暗くなっていました　三　1　帰ってきていませんでした　2　始まっていませんでした　3　わかっていませんでした　4　できませんでした　5　誘いませんでした　6　書いていませんでした、かかりませんでした　7　吸っていなかった、吸わなかった

〔四〕の2、3　一　1　してあります　2　置いてある、破れています　3　貼っています　4　ほしがっている　5　好かれています　6　打ち上げられています　7　非難されています　8　置い

てある／置かれている　9 打ってあります

二　置いてあります／置かれています、付いています、陳列してあります／陳列されています、並べてあります／並べられています、展示してあります／展示されています、吊り下げてあります／吊り下げられています、据え付けてありました／据え付けられていました、見上げていました、照りつけていました

〔四〕の5、6　一　1 b　2 a／b　3 b　4 a、b　5 a／b　6 a　二　A（増える、冷める）　B（見える、生まれる、現れる）　C（遠ざかる、死ぬ）

〔五〕の1　1 かけている　2 はじめた　3 かけた　4 はじめ　5 はじめた／だした　6 かけている　7 はじめ

〔五〕の2　一　1 a　2 a　3 b　4 a　5 a　6 a　7 a　二　1 読みつづけている　7 見つづけている　9 弾きつづけている

〔五〕の3　1 おわった／おえた　2 やんだ　3 おわった／やんだ　4 おわった／おえた　5 おわった／おえた　6 やんだ　7 おわった／おえた　8 おわる／おえる　9 おわって／おえて　10 おわった／おえた

〔五〕の4　1 書いてしまい　2 枯れてしまった　3 散ってしまった　4 やりおえた／やりおわった／やってしまった　5 なってしまった　6 連絡してしまった　7 切れてしまった　8 しゃべってしまった　9 登りおえた　10 出してしまい

総合練習問題

一　1 b　2 a　3 b　4 a　5 a　6 a／b　7 a／b　8 b　9 a／b　10 a

二　1 a、b、b、a　2 b、b　3 b、a、a　4 b、b、a　5 b、b、b、a、b　6 b、b、a　7 b、b、a

三　1 だした、はじめた、かけた、かけた　2 されている／してある、ていました、ていた／ている、てあった／てある、されている　3 おわって／おえて、てしまい、おえ　4 つづけ、ています、ています、つづい、ている、でいて　5 てきました、てしまいます／ていきます、てくる、てくる、てしまいます、ていく

第三章　複文におけるテンスとアスペクト

〔一〕 1 やってくる　2 行きたい　3 結婚(けっこん)する、なった、別れた／別れている　4 している、食べる、十分(じゅうぶん)だ　5 帰国する、帰った

〔二〕 1 b　2 a、a　3 a／b、a／b　4 a／b　5 a／b　6 b　7 b、b　8 a　9 b　10 a／b

〔三〕の1　1 b　2 b　3 b、a　4 a　5 b　6 b　7 a、b

〔三〕の2　1 a　2 b　3 b　4 a／b　5 a／b　6 b　7 a　8 b

〔三〕の4　1 b　2 a　3 a　4 a　5 a／b　6 a　7 a／b　8 b　9 b、a　10 a　11 b

〔四〕 一　1 b、b　2 a　3 b　4 b　5 a　6 b　7 b　8 a　9 b　10 a　11 a、a　二　1 b　2 a／b、a／b　3 a、b、b　4 a／b、a、b　5 b、a、a、a／b　三　1 b　2 b　3 a　4 b　5 a、b　6 a　7 b　8 a、b、b

総合練習問題

一　1 a、a、a、a　2 a、a、a、a、a　3 a、b、b、a、b、b　4 a、a、b、b、b、b　5 a、a、a、b、b　6 a、b、a、a、a　7 a、a、b、a、b　8 b、a、b、b、b、b、a、a

二　b、b、b、b、b、b、a／b、b、b、b、b、a、b、b、b

第四章　ムード

〔二〕の1　一　1 c　2 c　3 a　4 b　5 b　二　1 b　2 b　3 a　4 a　5 a

〔二〕の2　一　1 A　2 B　3 B　4 A　5 A　6 B　7 A　8 B　9 A　10 A　二　1 流され　2 来(こ)ない　3 あった　4 晴れ　5 降(ふ)り　6 面白(おもしろ)　7 短い　8 甘　9 気を失(うしな)い　10 怒(おこ)った

〔二〕の3　1 B　2 A　3 A　4 B　5 A　6 B　7 A　8 A　9 B　10 A

〔二〕の4　一　1 A　2 A　3 A　4 B　5 B

6 B 7 A 8 A 二 1 責任者らしい 2 苦手らしい 3 済んだらしい 4 満足したらしい 5 落ちたらしい 6 つもりらしい 7 来なかったらしい 8 耐震装置らしい 9 辛いらしい

〔二〕の5 1 a 2 c 3 b 4 c 5 b 6 a 7 b 8 d

〔二〕の6 一 1 A 2 A 3 B 4 A 5 B 6 A 二 1 ないでしょう 2 ないでしょう 3 話さないようにしよう 4 喜ばないでしょう 5 帰省しないようにしよう

〔二〕の7 1 にちがいない 2 にちがいない 3 かもしれない 4 にちがいない 5 かもしれません 6 かもしれません 7 にちがいない、かもしれません 8 かもしれない

〔三〕の1 一 1 B 2 A 3 A 4 A 5 B 6 A 二 1 欠席しないはずです 2 嘘をつくはずがありません 3 間違えないはずです 4 失敗するはずがない 5 もたないはずです 6 復旧するはずがありません

〔三〕の2 1 にちがいありません 2 はずです 3 にちがいありません/はずです 4 にちがいない/はずだ 5 にちがいありません 6 ことになります 7 はずです 8 にちがいありません/はずです

〔三〕の3 一 1 A 2 A 3 B 4 B 5 B 6 A 二 1 わけにはいかない 2 わけではない 3 わけではない 4 わけがない 5 わけにはいかない 6 わけではない/わけがない 7 わけではない 8 わけがない 9 わけではない 10 わけがない 11 わけにはいかない

〔三〕の4 一 1 A 2 A 3 B 4 A 5 B 6 B 7 A 8 B 二 1 D 2 D 3 C 4 C 5 D 6 D 7 D 8 C 三 1 a、b 2 a、b、a、a

〔三〕の5 1 初心者はなによりも安全第一を心がけることだ 2 語学を身につけたいならば、毎日練習することだ 3 特に、会話のクラスは絶対に欠席しないことだ 4 誤解が広まらないうちに、ちゃんと説明しておくことだ 5 本当に犬を飼いたいならば、まずお母さんに相談すること

だ 6 スピード違反で捕まったら、率直に違反を認めることだ 7 とにかく、真相がはっきりするまで余計なことは言わないことだ

〔三〕の6 1 B 2 B 3 B 4 B

〔三〕の7 1 思った／思っていた 2 上げる 3 帰る、している／していた、する 4 戻ってきた、している／していた、まとめている／まとめていた

総合練習問題

一 1 だろう、はずだ、ようだ、ような、だろう 2 そうだ、らしい／ようだ、ようだ、まい 3 にちがいない、だろう、そうだ 4 だろう、だろう、まい、そうだ、まい 5 はずです、はずです／そうです、でしょう、そうです 6 らしい、でしょう、はずです、かもしれません

二 1 にちがいない、ことになります、はず 2 わけです／はずです、ものです、のです、はずです、ようです 3 ものです、ものです、ことです 4 ような、そうです、らしく 5 のだ、ようだ、そうです

三 1 a にちがいない／はずだ b だろう 2 a らしい b そうだ c だろう 3 a だろう b はずだ c にちがいない d そうだ 4 a ことになる b らしい c にちがいない

四 略

日本語例文問題18－読解：拡大文節の認知
作者：牧野成一、畑佐由紀子 ／ 售價：180元

日本語例文問題17－修飾
作者：宮地宏、サイモン遠藤陸子 ／ 售價：150元

日本語例文問題16－談話の構造
作者：日向茂男、日比谷潤子 ／ 售價：150元

日本語例文問題15－テンス・アスペクト・ムード
作者：加藤泰彦、福地務 ／ 售價：200元

日本語例文問題14－擬音語．擬態語
作者：日向茂男、日比谷潤子 ／ 售價：180元

日本語例文問題13－語彙
作者：三浦昭、マクグロイソ花岡直美 ／ 售價：150元

日本語例文問題12－発音・聴解
作者：土岐哲、村田水恵 ／ 售價：400元（附CD）

日本語例文問題11－表記法
作者：鈴林順子、石田敏子 ／ 售價：150元

日本語例文問題10－敬語
作者：平林周祐、浜由美子 ／ 售價：150元

日本語例文問題９－文体
作者：名柄迪、茅野直子 ／ 售價：150元

日本語例文問題８－助動詞
作者：北川千里、井口厚夫 ／ 售價：150元

日本語例文問題７－助詞
作者：北川千里、鎌田修、井口厚夫 ／售價：150元

日本語例文問題６－接続の表現
作者：横林宙世、下村彰子 ／ 售價：150元

日本語例文問題５－形容詞
作者：西原鈴子、川村よしこ、杉浦由紀子 ／ 售價：150元

日本語例文問題４－複合動詞
作者：新美和昭、山浦洋一、宇津野登久子 ／ 售價：150元

日本語例文問題３－動詞
作者：岩岡登代子、岡本きはみ ／ 售價：150元

日本語例文問題２－形式名詞
作者：名柄迪、広田紀子、中西家栄子 ／ 售價：150元

日本語例文問題１－副詞
作者：茅野直子、秋元美晴、真田一司 ／ 售價：150元

書本定價：200元

發　行　所：鴻儒堂出版社
發　行　人：黃　成　業
地　　　址：台北市博愛路九號五樓之一
電　　　話：02-2311-3823
郵政劃撥：01553001
電話傳真機：02-2361-2334
一九八九年九月初版一刷
二〇二〇年三月初版三刷

本書凡有缺頁、倒裝者，請逕向本社調換

本書經日本荒竹出版株式會社授權鴻儒堂出版社在台印行

鴻儒堂出版社設有網頁，歡迎多加利用
網址：http://www.hjtbook.com.tw